Cuentos de los Hermanos Grimm

Cuentos de los Hermanos Grimm

1a. edición, mayo 2005.

Cuentos de los Hermanos Grimm
Hans Christian Andersen

Nicolás San Juan 1043, Col. Del Valle
03100 México, D.F.
Tels. 5575-6615, 5575-8701 y 5575-0186
Fax. 5575-6695
http://www.grupotomo.com.mx
ISBN: 970-775-115-0
Miembro de la Cámara Nacional
de la Industria Editorial No. 2961

Ilustraciones: Alberto Hinojosa
Formación y diseño tipográfico: Consuelo Rutiaga
Diseño de Portada: Alberto Hinojosa y Trilce Romeo
Supervisor de producción: Leonardo Figueroa

Impreso en México - *Printed in Mexico*

Índice

La bella durmiente

Hace muchísimo tiempo hubo un bello país gobernado por unos reyes muy queridos por su pueblo. Allí todos eran felices, porque los soberanos procuraban incansablemente proporcionar el bien a sus súbditos. Los reyes también hubieran sido completamente dichosos. Pero les faltaba algo que anhelaban de todo corazón, tener un hijo varón.

En vez del hijo que deseaban, tuvieron una niña, que era lindísima, comparable sólo a un ángel. Y aunque los reyes no vieron cumplidos sus deseos, sin embargo quedaron compensados con la hermosura de la criatura. Dispusieron que en todo el país se festejara el nacimiento de la niña y todos, absolutamente todos, fueron invitados a la celebración.

Cada súbdito llevó a la princesa su mejor regalo, y hasta las hadas bienhechoras se acercaron a la cuna, otorgando a la pequeña un don especial.

Pero los soberanos habían olvidado invitar a una vieja hada del bosque. Ésta, sin poder disimular su resentimiento, se presentó en el palacio y dijo al pie de la cuna:

—Tendrás todo lo que te han concedido mis hermanas las hadas. Pero cuando cumplas los quince años, te pincharás en un dedo con un huso y morirás.

Luego desapareció, dejando a los reyes acongojados. En eso, se acercó un hada generosa a consolar a la reina, y le dijo que aunque no le estaba permitido deshacer el hechizo, tal vez podría cambiarlo en algo: la princesita no moriría, sino que permanecería dormida durante cien años.

Pasó el tiempo y la niña tuvo todos los dones concedidos por las hadas, por lo que era muy querida por sus padres y admirada por todos. Sin embargo, se acercaba a los quince años y aunque nadie se acordaba de la maldición, el rey hizo desaparecer del palacio todos los husos.

El mismo día de su cumpleaños, cuando se hacían los preparativos para la fiesta, la princesita subió por curiosidad a una de las torres del palacio que no había visitado antes. Allí encontró a una viejecita que estaba hilando en un huso.

—¿Quieres hilar? —preguntó la mujer.

—Encantada —contestó la princesa, y se puso a hilar en el huso, pinchándose un dedo y quedando profundamente dormida.

En palacio y por todo el país se sintió mucho lo que le sucedió a la princesita. No había remedio ni forma de desencantar a la niña y sólo les quedaba resignarse. Entonces apareció un hada buena. Queriendo ésta aliviar el dolor de los reyes, tuvo una idea que puso en práctica inmediatamente: fue tocando uno por uno a todos los habitantes de palacio con su varita mágica y todos quedaron dormidos, incluso los reyes. Como todos los habitantes

del palacio dormían, nadie podía ocuparse de cuidarlo, y no pasó mucho tiempo antes de que la maleza invadiera el terrero. Se formó una espesa selva enmarañada y todo quedó oculto detrás de la vegetación.

Pasaron los años hasta que un día, precisamente cuando se cumplían los cien años del encanto, un joven príncipe, atraído por la leyenda que corría acerca de la Bella Durmiente, visitó el misterioso palacio. A golpe de espada fue cortado la maraña, hasta que descubrió el ruinoso castillo. Bajó de su brioso caballo blanco y mientras subía los escalones llenos de musgo, el corazón le saltaba dentro del pecho.

Atravesó el inmenso vestíbulo de mármol que estaba desierto. Siguió avanzando y llegó al salón de fiestas, donde encontró un grupo de damas y caballeros en actitud de conversar unos y de bailar otros, pero inmóviles y completamente dormidos.

Continuó por salas, corredores y galerías, hallando siempre el mismo espectáculo: nobles, guardias, damas y cortesanos, todos sumidos en profundo sueño. Y en la sala del trono, ocupando su alto sitial, los reyes dormían profundamente.

En la cocina todo estaba silencioso y los cocineros, inmóviles, parecían estatuas de carne y hueso. Hasta un gatito, sorprendido en el momento en que atrapaba un trozo de carne, había quedado paralizado en su huida. Entonces se acordó de la bella princesa que dormía su sueño de un siglo. Lleno de curiosidad y alentado por su espíritu romántico, comenzó a buscarla con interés. Entró al salón de baile, donde había muchas damas inmóviles en actitud de conversar con sus caballeros, pero pensó que ninguna de aquéllas debía de ser la princesa, porque no eran francamente hermosas. De pronto, al final de un pasillo, encontró una escalera que conducía a lo alto de la torre. Cuando llegó arriba, temblando de emoción, abrió la puerta. Y allí, junto a un viejo huso, una hermosísima joven dormía plácidamente.

El príncipe se acercó a ella y, cogiendo su mano, se la besó cortésmente. Enseguida la princesa abrió los ojos y le sonrió con dulzura.

El príncipe se arrodilló ante ella y sin perder un segundo, le contó quién era y cómo había llegado hasta allí. Luego, los dos jóvenes, cogidos de la mano, bajaron a los salones, donde hallaron que todos comenzaban a despertar.

La princesa entró corriendo al salón del trono, donde sus padres, los reyes, se ponían de pie. Con infinita alegría y emoción los soberanos abrazaron a su hija, la princesa. Finalmente, en prueba de agradecimiento a su salvador, le concedieron la mano de la joven.

La guardiana de ocas

Hace mucho tiempo que una abuela más vieja que Matusalén vivía con sus ocas en un lugar solitario entre las montañas en donde tenía su casita. Aquel rincón estaba rodeado de un frondoso bosque al que la vieja iba cada día apoyada en su bastón.

La mujer trabajaba allí mucho más de lo que cualquiera hubiera imaginado a la vista de su edad. Buscaba hierba para sus ocas, recogía fruta silvestre hasta donde podía alcanzar con sus manos y luego regresaba a casa cargada con todo. Cualquiera que la hubiera visto habría pensado que no sería capaz de avanzar con aquel inmenso fardo sobre sus hombros. Sin embargo, caminaba y aún le quedaba energía para saludar amablemente a los vecinos que encontraba a su paso. Pero la gente la rehuía y las madres decían a sus hijos que tuvieran cuidado con ella.

Una mañana que brillaba el sol, cantaban los pájaros y una brisa fresca soplaba entre los árboles, un apuesto muchacho atravesaba el bosque. El mozo caminaba alegre y contento. De pronto, descubrió en un claro a la vieja, que cortaba afanosamente hierba y la iba apilando sobre dos cestos llenos ya de frutas silvestres.

—Pero, abuela —le dijo el joven— ¿cómo va a llevar usted sola todo eso?

—No tengo más remedio —respondió la anciana—. Los hijos de casa rica no necesitan hacerlo, pero los labradores sí. Si quieres ayudarme, ya que tienes espalda ancha y buenas piernas, será un peso ligero. Mi casa no está lejos, y en dos saltos estaremos allí.

El muchacho le contestó que su padre no era labrador, pero que estaría encantado de poderla ayudar a transportar su pesado fardo.

Cuando la vieja le advirtió que el camino era de una hora, y sintió el peso de las cestas en sus brazos, el muchacho puso un gesto de disgusto y dijo:

—Esto pesa mucho, como si fueran piedras. Casi no puedo respirar.

Le entraron ganas de soltarlo todo y echar a correr. La vieja exclamó entonces:

—¡Mucho te pesa lo que esta anciana lleva cada día!

Mientras anduvieron por camino llano, el joven resistió, pero al llegar a la falda de una montaña, las piernas le empezaron a fallar.

Suplicó a la vieja que le permitiera descansar un rato, pero ella no accedió y el muchacho, enfadado, intentó deshacerse de la carga; pero por más que lo intentó no pudo soltarla: parecía como si la llevara pegada a su cuerpo. Cuando la vieja observó que el joven quería tirar el bulto y no lo lograba, se empezó a reír.

—¡No te enojes, buen señor! Cuando lleguemos a casa te daré una generosa propina.

¿Qué podía hacer el pobre muchacho? Tuvo de seguir caminando sin protestar. En un momento en que estaba distraído, la vieja, que como te habrás imaginado era una bruja, dio un salto y se subió sobre el fardo. Al joven se le doblaban las piernas, y llegó a la cumbre de la montaña jadeante, a punto de desplomarse.

Por fin llegaron a la casa, y cuando las ocas vieron a su ama, se pusieron a su alrededor, con las alas desplegadas y el cuello estirado.

Tras ellas apareció una mujer alta y fea con una vara en la mano.

—Madre —dijo a la vieja—, ¿qué te ha pasado? Has tardado mucho.

—Tranquilízate, hijita; no ha pasado nada malo. Al contrario, este amable señor me ha llevado la carga, y ahora se va a sentar a descansar a la puerta. Pero tú no te quedes sola con él, porque se podría enamorar de ti.

El muchacho, al oír esto, no supo si echarse a reír o a llorar. ¿Cómo se iba a enamorar de aquel esperpento? Estaba tan cansado, que pronto se quedó dormido. Pero la vieja le despertó:

—Te he atormentado un poco, lo reconozco, pero te voy a pagar bien.

Y le dio una cajita tallada en una sola esmeralda, aconsejándole que la guardara bien porque le traería suerte.

El muchacho, que era un conde, se levantó de un brinco y se sintió repentinamente descansado y con las fuerzas recuperadas. Dio las gracias a la vieja y se puso en marcha, sin volverse a mirar a su extraña hija.

Anduvo errante por la selva tres días enteros, hasta que encontró el camino. Por fin llegó a una gran ciudad, y como nadie lo conocía lo llevaron al palacio real. Ante el rey y la reina sentados en su trono, el conde hizo una profunda reverencia, y sacando de su bolsillo la cajita de esmeralda, la puso ante los pies de la reina. Cuando la reina tomó la cajita y la abrió, cayó al suelo como muerta. Los soldados del rey detuvieron al conde, y ya lo llevaban a la cárcel cuando la soberana abrió los ojos y pidió que se retiraran todos para hablar con el joven a solas.

Una vez que estuvieron solos, la reina empezó a llorar.

—¿De qué me sirven los honores y el esplendor de la corte, si cada mañana despierto abrumada de penas y tristezas? —se lamentó—. He tenido tres hijas. La menor era tan hermosa que cuando aparecía en una habitación podría creerse que el sol había entrado

por la ventana, tenía el cabello rubio como el oro y su piel era blanca como la nieve. Un día el rey quiso medir el cariño de sus hijas, antes de dejarles en herencia su reino. Las llamó a su presencia y les pidió que le pusieran un ejemplo de cómo era el cariño que le profesaban. La mayor dijo que quería a su padre como al azúcar más dulce. La segunda, que como al más bonito vestido. Y la pequeña, después de quedarse pensativa un rato, respondió: "Las comidas sin sal, son insípidas. La sal es muy necesaria. Pues bien, yo te quiero tanto como a la sal". El rey se enfadó y mandó que su reino se dividiera entre las dos hijas mayores, y que a la pequeña, a quien tanto gustaba la sal, le cargaran sobre sus hombros un saco lleno de aquel mineral y la condujeran a la selva. Todos suplicamos que se apiadara de ella, pero no hubo modo de aplacar la ira del rey. Lloró mucho la princesa al separarse de nosotros, y las perlas que eran sus lágrimas regaron el camino por el que desapareció. A los pocos días, el rey se arrepintió de su dureza y mandó a buscarla al bosque, pero ya no la encontraron. Algunas veces ha pensado que la habría devorado alguna fiera o que viviría sola en una cueva, mas hoy, cuando al abrir la caja de esmeralda he visto en su interior una perla de las que salían de sus ojos, me ha dado un vuelco el corazón. ¿De dónde la has sacado?

El joven contó la historia de la bruja del bosque y añadió que si no habían encontrado rastro de la princesa, y la vieja le había dado la caja, ella sabría seguramente el paradero de la joven.

El rey y la reina decidieron salir hacia el bosque.

En la casita de las montañas, la vieja hilaba. Un tizón ardía en la chimenea y daba a la habitación una luz tenue y oscura. Afuera graznaban las ocas, que regresaban del prado conducidas por su hija. Cuando la fea joven entró en la casa, tomó el huso y se puso a hilar. Se oyó un ruido y apareció en la ventana un viejo búho. La vieja exclamó ceremoniosamente:

—¡Ha llegado la hora!

Se levantó la hija y se fue hacia el río. Una vez en la orilla, se quitó la piel que ocultaba su cara y la enmarañada peluca gris que cubría su cabeza. Debajo apareció un rostro hermoso y blanco, y una melena rubia y larga que caía por su espalda. Se inclinó sobre las aguas en que se reflejaba la luna y sus ojos brillaron como estrellas. La muchacha estaba triste. Se sentó al borde de la corriente y lloró con amargura. De pronto, oyó un ruido entre la maleza y se ocultó de nuevo tras la asquerosa piel y bajo la inmunda peluca.

Temblando, volvió a la casa. Entró y se encontró a la vieja barriendo y fregando.

—Todo debe estar muy limpio —dijo la bruja.

—¿Cómo te pones a limpiar a estas horas?

La vieja le explicó que esa misma noche se cumplían tres años desde que la joven llegó allí, y que era ya el momento de separarse. La niña se puso muy triste y pidió a la anciana que no la dejara sola, pues no conocía a nadie y ella era la única persona que le quedaba en el mundo. La bruja, por toda respuesta, insistió en que esa misma noche tendría que marcharse y en que todo había de quedar limpio y ordenado.

—No te preocupes —añadió después—. Encontrarás un techo bajo el cual cobijarte.

—Pero ¿qué va a pasar? —preguntó la niña asustada.

—Mira, no me entretengas. Vete a tu cuarto, quítate la máscara, ponte el vestido de seda que llevabas cuando llegaste y espera a que yo te avise.

El rey y la reina se habían separado del conde al llegar al bosque para poder rastrear más deprisa el terreno. El joven había conti-

nuado solo y se le había echado la noche encima sin haber encontrado la casita. De pronto, oyó un ruido y vio a una mujer que bajaba hacia el río. Descubrió en ella a la guardiana de ocas. Y esperó.

Asombrado, vio cómo se quitaba la piel de la cara y la peluca, y contempló a una joven bellísima, de cabellos rubios como el oro. El ruido que había asustado a la muchacha eran los pasos del conde. Al verla huir, él se encaminó sigilosamente hacia la casita. Antes de llegar se encontró con el rey y la reina y les contó cuanto había visto. Ya no dudaron que aquella joven era su hija. Cuando llegaron a la casa, miraron por la ventana y vieron a la vieja hilando y a las ocas durmiendo con la cabeza bajo el ala. Sin embargo, no encontraron a la joven. Llamaron a la ventana, y la vieja, como si estuviera esperándolos, salió a abrir.

—Pasen, pasen —les dijo—. Ya sé quiénes son. Podrían haberse ahorrado el camino si,

hoy hace tres años, no hubieran despedido a su hija. Aquí nada malo ha aprendido y ha conservado su corazón limpio y puro. Pero ustedes han sido castigados con la angustia que por ella han pasado.

Se abrió la puerta y apareció la princesa con su vestido de seda. Parecía un ángel y sus ojos brillaban como estrellas.

Corrió hacia sus padres, se arrojó a sus brazos y los llenó de besos. Nadie podía contener las lágrimas. El joven conde se mantenía silencioso a su lado. Cuando ella lo vio, se puso roja como la grana, sin saber por qué. El rey habló:

—Hija mía, ya he repartido mi reino. ¿Qué te puedo dar a ti?

—Ella no necesita nada —respondió la vieja—. Yo le regalo las lágrimas que ha llorado por su causa, y que son purísimas perlas, más

bellas que las que se encuentran en el mar y más valiosas que todo el reino. Y en pago de sus atenciones le doy mi casita de las montañas.

Después de pronunciar estas palabras, la vieja desapareció. En un abrir y cerrar de ojos, la casa se convirtió en un hermoso pa-

lacio. Una mesa ricamente ataviada invitaba a sentarse. Había criados que esperaban con humeantes fuentes para servirles.

La historia no termina aquí. Pero mi abuela, que no recordaba el final, me contó más o menos lo siguiente: La princesa se quedó a vivir en el palacio y se casó con el conde. Las ocas blancas, que eran doncellas encantadas, recuperaron su forma humana. La bruja no era tal, sino un hada que sólo había querido hacer el bien. Ella fue probablemente quien le había otorgado a la princesa el don de llorar perlas en vez de lágrimas.

Pero estas cosas sólo pasan en los cuentos, porque si pasaran en la realidad, todos seríamos felices.

La oca de oro

Un buen hombre tenía tres hijos. El tercero de ellos, a quien llamaban El Zoquete, era el blanco de las burlas de todos.

Un día, el hijo mayor quiso ir al bosque a cortar leña, y su madre le dio una torta de huevos y una botella de vino.

Cuando llegó al bosque, un viejo de pelo gris le dijo:

—Dame un pedacito de tu torta y un sorbo de tu vino. Tengo hambre y sed.

El listo mozo respondió:

—Si te doy, apenas quedará para mí. Sigue tu camino y déjame.

El viejo bajó la cabeza y siguió adelante, mientras el mozo se ponía a cortar un árbol. Al poco rato dio un hachazo en falso y el hacha se le clavó en el brazo. Esta herida fue el pago de su conducta con el hombrecillo.

Partió luego el segundo hacia el bosque, provisto, como el mayor, de una torta y una botella de vino. También le salió al paso el viejecito de cabello gris, pidiéndole un pedazo de torta y un trago de vino. El muchacho le replicó:

—Lo que te diera me lo quitaría a mí. ¡Sigue tu camino!

Y dejando plantado al anciano, se puso a cortar un árbol. Apenas había asestado un par de hachazos al tronco, cuando se hirió en una pierna y tuvieron que conducirlo a su casa.

Dijo entonces El Zoquete:

—Padre, déjame ir al bosque a buscar leña.

—Vete si te empeñas —contestó el padre—. A fuerza de golpes ganarás experiencia.

Le dio la madre una torta amasada con agua y cocida en las brazas, y una botella de cerveza agria. Cuando llegó al bosque se encontró igualmente con el hombrecillo de pelo gris, el cual le saludó y le dijo:

—Dame un pedazo de torta y un trago de lo que llevas en la botella, pues tengo hambre y sed.

—No llevo sino una torta cocida en las brasas y cerveza agria —le respondió El Zoquete—. Si te conformas, vamos a sentarnos y comeremos.

Se sentaron. Y cuando el mozo sacó la torta, resultó ser un magnífico pastel de huevos, y la cerveza agria se había convertido en un vino excelente.

—Puesto que tienes buen corazón y eres generoso, te daré suerte. ¿Ves aquel viejo árbol? Pues córtalo. Encontrarás algo en la raíz.

Con estas palabras el hombrecillo se despidió.

El Zoquete se encaminó al árbol y lo derribó a hachazos, y al caer apareció entre las raíces una oca de plumas de oro puro. Se la llevó consigo y entró en una posada para pasar la noche. El dueño tenía tres hijas, que, al ver la oca, sintieron curiosidad y quisieron

tener una de sus plumas de oro. En un momento en que el muchacho salió del cuarto, la mayor sujetó a la oca por el ala, pero los dedos se le quedaron pegados al animal. Pronto acudió la segunda, y en cuanto tocó a su hermana también se quedó pegada a ella. Por fin llegó la tercera, y, apenas hubo tocado a la segunda, quedó igualmente pegada sin poder soltarse.

Y así, las tres tuvieron que pasar la noche pegadas unas a otras y a la oca.

A la mañana siguiente, El Zoquete tomó al animal y se lo puso bajo el brazo. Luego emprendió el camino de su casa sin preocuparse de las tres muchachas, que se veían obligadas a seguirle a gran velocidad.

En medio del campo, se encontraron con el señor cura, quien, al ver la comitiva, dijo:

—¿No les da vergüenza, descaradas, correr de este modo tras un joven? ¿Les parece decente?

Tomó entonces a la menor de la mano, con intención de separarla. Pero apenas la había tocado quedó también él enganchado, y tuvo que participar igualmente en la carrera.

Al rato acertó a pasar el sacristán que, al ver al cura corriendo, dijo muy sorprendido:

—Pero, señor cura, ¿a dónde va tan deprisa?

Y corriendo hacia él, le sujetó por la manga, quedando prendido como los demás.

Se cruzaron al poco con unos labradores, los llamó el cura pidiendo que les desengancharan, pero en cuanto les tocaron también se quedaron pegados. Y ya eran siete los que corrían tras El Zoquete y su oca.

Poco después llegaron a una ciudad, cuyo rey tenía una hija tan seria que nadie había logrado arrancarle una sonrisa. Por eso, el monarca había hecho pregonar que daría la mano de la princesa a aquel hombre que consiguiera hacerla reír. Al enterarse de ello El Zoquete, se presentó a la hija del rey arrastrando todo el séquito.

Apenas vio la princesa aquella hilera de siete personas corriendo sin parar unas tras otras, se echó a reír tan fuerte y tan a gusto que no podía interrumpir sus carcajadas. Entonces El Zoquete la pidió por esposa. Pero el rey le puso toda clase de condiciones, y al fin le dijo que antes tendría que traerle a un hombre capaz de beberse todo el vino que cabía en la bodega del palacio. Pensó el muchacho en el hombrecillo del bosque y fue a pedirle ayuda. Y he aquí que en el mismo lugar donde cortara el árbol vio sentado a un individuo en cuyo rostro se reflejaba la aflicción. El Zoquete le preguntó por el motivo de su pesar y el otro le contestó:

—Sufro una sed terrible, que no puedo calmar de ningún modo.

—Yo puedo remediar esto —le dijo el joven—. Vente conmigo.

Y lo condujo a la bodega real, donde el hombre la emprendió, bebe que bebe, con las voluminosas cubas. Antes de que hubiera terminado el día, había vaciado la bodega.

El Zoquete acudió nuevamente a reclamar a la muchacha. Pero el rey le puso una nueva condición: para obtener la mano de la princesa debía encontrar a un hombre capaz de comerse una montaña de pan. No lo pensó

mucho el mozo y se dirigió inmediatamente al bosque. En el mismo lugar que la vez anterior encontró a un hombre que se lamentaba así:

—Me he comido toda una hornada de pan. Pero, ¿qué es esto para un hambre como la que yo tengo?

Le respondió El Zoquete, contento:

—Vente conmigo; te vas a hartar.

Lo llevó luego a la corte del rey, quien había hecho cocer una montaña de pan. El hombre del bosque se sentó frente a ella y empezó a comer; al ponerse el sol, aquella enorme mole había desaparecido.

Por tercera vez, El Zoquete reclamó la mano de la princesa, pero el rey le exigió que trajera un barco capaz de ir por la tierra y por el agua.

—En cuanto llegues navegando en él, mi hija será tu esposa —le dijo.

Nuevamente se fue el muchacho al bosque, donde le esperaba el viejecito del pelo gris.

—Gracias a ti he comido y bebido —dijo el anciano—. Ahora te conseguiré el barco. Todo esto lo hago porque fuiste compasivo conmigo.

Y le dio el barco que iba por la tierra y por el agua, y el rey, cuando lo vio, ya no pudo seguir negándose a entregar a su hija. Se celebró la boda, y, a la muerte del rey, El Zoquete heredó la corona, viviendo feliz durante largos años en compañía de su esposa.

El sastrecillo valiente

Poncho era un sastrecillo que gozaba de gran simpatía en todo aquel reino. Además de que era muy bueno en la confección de los trajes, tenía fama por la habilidad y astucia para resolver los trances más difíciles. Siempre tenía la solución oportuna para salir del enredo más imposible. Por eso todos acudían a su taller en busca del consejo feliz que solucionara los duros problemas de cada día.

En cierta ocasión, cuando estaba como era su costumbre trabajando muy feliz, una nube de asquerosas moscas revoloteaba sobre una deliciosa rosquilla. Molesto por la impertinencia de estos bichos, los espantaba con la costura que tenía en sus manos; pero como estos insectos son muy necios, volvían una y otra vez a su intento.

No pudiendo soportar más el revoloteo de las sucias moscas, enfadado, dio un manotazo, y mató ocho de un golpe.

El sastrecillo se sintió orgulloso de haber podido matar ocho bichos de una sola vez. Y como le pareció que su hazaña era grandiosa, tomó un trozo de tela y bordó con hilo negro estas palabras: "Soy Poncho. De un golpe maté ocho". Luego se puso la banda de tela en el pecho, cogió una alforja, puso en ella un pedazo de queso y se lanzó a recorrer el mundo.

Por el camino encontró en el suelo un pájaro, al parecer herido. Tomó el ave y la puso también en su alforja.

Todos los que lo veían pasar orgulloso con su banda bordada, se asombraban al juzgar que siendo tan pequeño y delgado hubiera podido realizar la difícil hazaña de haber matado a ocho de un solo golpe. Y así andando se encontró con un gigante. Éste lo miró con curiosidad, leyó el letrero y, sin poder ocultar su recelo, le dijo:

—¡No me hagas reír, hombrecillo! ¿Así que has matado a ocho de un golpe?

Luego lo desafió diciéndole que si era tan poderoso, imitara lo que él era capaz de hacer, y cogiendo una piedra entre sus dedos la hizo pedazos como si fuera un pastel. El sastrecillo, sin darle importancia, sacó disimuladamente de la alforja el pedazo de queso, y haciendo creer al gigante que era una piedra, lo deshizo también entre sus dedos.

Entonces el gigante tomó una piedra y la arrojó a gran distancia. El sastrecillo sacó, con disimulo, el pájaro y haciendo como que tomaba aliento para lanzar lejos una piedra, arrojó al pájaro hacia arriba. El tonto del gigante creyó que Poncho había arrojado una piedra. Y como el pájaro se perdió en los cielos, el gigante quedó asombrado.

El gigante sintió envidia de aquel hombrecito al parecer débil, pero con fuerza y destreza. Lo invitó a que lo acompañara a su castillo, donde le presentaría a algunos gigantes compañeros suyos. El sastre aceptó, e iniciaron el camino.

Al atravesar el bosque, el gigante pensó que podía llevar leña para alimentar el fuego de su chimenea, y pretendiendo asombrar al sastrecillo, de un solo intento arrancó de raíz un enorme árbol.

—Me ayudarás a llevarlo —le pidió al sastre.

—Con mucho gusto —dijo Poncho—. Yo cargaré la parte de atrás del árbol, que es la más pesada.

El gigante aceptó; cargó el árbol al hombro y reinició la marcha. El sastrecito se sentó tranquilamente en las ramas del árbol y se puso a cantar alegremente. Como el gigante, agobiado por el peso, no podía verlo, estaba más asombrado al pensar que aquel debilu-

cho se permitía cantar tan tranquilo con el árbol a cuestas, mientras que él, con toda su fuerza, apenas si podía respirar. Tan fatigado iba que pidió al sastre que se detuvieran para descansar un rato.

—Como quieras —dijo el sastre—, pero por mí podríamos seguir.

Así, caminando un rato y descansando otro, llegaron, por fin, al castillo. Allí había tres gigantes que estaban devorando un suculento banquete. El dueño del castillo les presentó al pequeño huésped, y cuando dieron fin a todos los sabrosos platos, llegó la hora de acostarse. El gigante acompañó al invitado a su dormitorio. Le dio las buenas noches y se retiró.

Pero Poncho no podía dormir en aquella cama tan grande como una plaza de toros, y decidió acostarse en el suelo. No hacía mucho rato que dormía, cuando el gigante entró des-

pacito en el dormitorio, armado de un grueso garrote y, después de dar con él varios tremendos golpes sobre la cama, se retiró diciendo:

—¡Ya no me molestarás más, odioso hombrecito!

Al día siguiente, cuando los gigantes se disponían a enterrar el cadáver del sastre, se llevaron gran susto al verle vivito y sonriente. Creyeron que era un fantasma y huyeron del castillo a todo correr.

El sastrecito, al verse solo, decidió reanudar su camino hasta llegar, cansado, a la entrada de la ciudad. Se acostó a dormir, y cuantos pasaban por allí se detenían a leer con asombro el letrero que decía: "Soy Poncho. De un golpe maté ocho". Corrió por toda la ciudad el rumor de que había llegado un hombre que de un solo golpe había matado ocho. También llegó la noticia a oídos del rey, quien pidió que lo llevaran ante su presencia en palacio para conocerlo.

—Ya que fuiste capaz de matar a ocho de un golpe —le dijo el rey—, podrías hacernos un favor. Hay dos gigantes que viven en el bosque y que nos causan daños y sustos. Te ruego vayas y los mates. Si mataste a ocho, dos te serán poca cosa.

Poncho sintió que le corría una víborita de miedo por la espalda, al pensar que tenía que hacer frente a dos gigantes. Pero como no había modo de dar paso atrás, dijo que estaba dispuesto a servir a su majestad.

Enseguida se marchó hacia el bosque y rechazó la escolta de cien soldados que el rey quiso poner a su servicio.

En medio del bosque, en una cueva, vivían los dos gigantes. Poncho los halló dormidos y, ni corto ni perezoso, tomó dos piedras y, escondido entre los matorrales, arrojó una a la cabeza de uno de los gigantes. Éste despertó asustado y sacudiendo al otro le gritó:

—¿Qué te pasa, tonto? ¡Déjame dormir, hombre!

El aludido protestó diciendo que él no había hecho nada, y volvió a dormirse. Entonces Poncho arrojó la otra piedra a la cara del segundo gigante.

—¡Cuidado con lo que haces, bribón! ¡Me has herido la cara, bruto!

El primer gigante se enojó tanto de que lo acusaran de tirar piedras que discutieron un buen rato, hasta que, al fin, decidieron seguir durmiendo. Pero el sastre siguió con su juego; y una vez a uno y otra vez a otro, les fue arrojando todas las piedras que pudo coger. Llegó el momento en que ambos gigantes se

enfurecieron, y levantándose furiosos, agarró cada quien su garrote, se dieron de palos con tanta fuerza e ira, que al cabo de un rato quedaron los dos sin vida tendidos en el suelo.

Al volver al palacio, Poncho dijo al rey que su encargo había sido cumplido; que los dos gigantes ya no volverían a molestar más, porque yacían sin vida en su cueva. El rey envió una patrulla de soldados a comprobar la hazaña. Cuando éstos volvieron y dijeron al rey que habían visto muertos a los gigantes, Poncho, el sastrecito astuto, se convirtió en un héroe.

El rey le dijo entonces:

—¡Eres un valiente como no hay otro en este reino! Oye bien lo que te voy a decir: Hay en el bosque un rinoceronte terrible, que ha dado muerte a muchos de mis vasallos. Si eres capaz de darle muerte, te elevaré al rango de príncipe, te daré la mitad de mi reino y la mano de mi hija para que sea tu esposa.

El sastrecito no tuvo más remedio que aceptar, y fingiendo un valor que no tenía, se dirigió al bosque llevando una espada y una soga.

No hacía mucho tiempo que caminaba entre los árboles cuando sintió un gran bufido y que el suelo se movía como si hubiera un terremoto.

Vio, con espanto, que un enorme rinoceronte avanzaba veloz derribando árboles. Poncho echó a correr tan deprisa como le permitían sus piernas, y estaba ya a punto de caer desfallecido cuando vio interrumpida su carrera por un grueso tronco que le cerraba el paso. El sastrecito decidió jugarse el todo por el todo. Se paró inmóvil al pie del tronco y esperó así al enfurecido animal. Cuando éste estaba a un metro de distancia, Poncho dio un rápido giro tal como si fuera un torero, y el animal fue a estrellarse contra el tronco, en el cual quedó totalmente incrustado su cuerpo.

Poncho suspiró aliviado; con su soga amarró cuidadosamente al rinoceronte, sujetándolo al tronco, y con aires de triunfador regresó a palacio, donde dijo al rey:

—Majestad: acabo de vencer al rinoceronte. Puedes enviar a tus soldados a traer al animal, pues pesa mucho. Lo encontrarán atado a un tronco.

El rey quedó abrumado por semejante hazaña, que creyó que superaba la capacidad de aquel hombrecito, y no tuvo más remedio que enviar a sus soldados para que trajeran al temido animal.

Cuando los soldados regresaron trayendo sujeto al feroz rinoceronte, todo el pueblo aclamó al valiente sastrecito como su héroe, y el rey se vio obligado a cumplir su palabra. Hizo príncipe al sastre Poncho, le dio la mitad de su reino y le entregó a su hija, la hermosa princesa, como esposa.

Así concluyó la historia de Poncho, el "sastrecillo valiente", según todos; pero únicamente "astuto", según nosotros, que sabemos los secretos de sus increíbles hazañas.

Blancanieves

Mientras bordaba junto a su ventana, la reina de un lejano país se pinchó un dedo con la aguja y, al instante, la sangre salpicó la nieve que caía sobre la ventana del palacio.

—¡Oh, Dios mío! —dijo la reina— me harías muy feliz si me dieras una hija blanca como la nieve, con la carita sonrosada como la de los ángeles y el cabello negro como el ébano.

Efectivamente, Dios complació a la soberana dándole una hermosa niña. La madre la llamó Blancanieves, en recuerdo del día en que lo había pedido.

Por desgracia, Blancanieves quedó huérfana pronto y el rey volvió a casarse. La nueva reina, que era bella, pero también muy orgullosa, recibió un día como obsequio de un hada mala un espejo mágico, que le respondía todas las preguntas que le hacía sobre su propia belleza.

Cuando Blancanieves tuvo quince años, al conversar la reina con el espejo, éste le dijo:

—¡Oh, reina! Ya no eres la más hermosa del reino. Fíjate en Blancanieves, que es mucho más hermosa que tú.

Entonces la reina, pálida de ira y mortificada por la envidia, decidió hacer desaparecer a su hijastra. Un día llamó a un sirviente y le dijo:

—Llevarás esta noche a Blancanieves al centro del bosque, y allí la matarás y me traerás su corazón.

Estando en pleno bosque, el sirviente se compadeció por los ruegos y lloros de la niña

y le perdonó la vida, con la condición de que no volviera nunca más al palacio. Después cazó un ciervo, le sacó el corazón y se lo llevó a la reina, diciéndole que era el de la niña.

Al sentirse sola en medio del bosque, Blancanieves empezó a caminar sin rumbo muchas horas, hasta que encontró una casita muy pequeña. Tocó varias veces, y como nadie contestó, decidió entrar. Todos los muebles y enseres eran pequeñitos: sobre una mesa se encontraban platitos con comida, había cuchillitos, tenedores y cucharitas. Blancanieves, que tenía hambre, comió un poquito de cada plato y bebió una gota de agua de cada vaso. Luego, como estaba muy cansada, juntó las siete camitas, se acostó sobre ellas y se quedó profundamente dormida.

Al anochecer, los dueños de la casa volvieron de sus trabajos. Eran siete enanitos de largas barbas y capuchones rojos. Al encender las luces y ver todo revuelto se asustaron un poco, pero de pronto uno de ellos descubrió a la niña, a la que todos rodearon inmediatamente con profunda curiosidad.

—¡Oh, qué hermosa es! —dijeron los siete a coro.

Y para no despertarla, los siete se las arreglaron como pudieron para poder dormir.

Al despertar Blancanieves y verse rodeada por esos hombrecillos se llevó un susto tremendo. Pero cuando ella les contó cómo había llegado hasta allí, los enanitos, apenados, le preguntaron:

—¿Te gustaría quedarte con nosotros? Nos ayudarías con los quehaceres de la casa; nosotros, a cambio de eso, no permitiremos que te falte nada y te querremos mucho.

Blancanieves aceptó enseguida y empezó a limpiar la casa.

Después de algún tiempo la reina consultó de nuevo su espejo, que en esta ocasión le dijo:

—Es verdad que aquí eres la más bella; pero Blancanieves, que vive en el bosque con los enanitos, lo es mucho más.

Dándose cuenta la reina del engaño del sirviente, se disfrazó de vendedora ambulante, y aquella misma mañana se fue hacia la casita del bosque. Fingiendo caminar como una viejecita, se acercó a la casa y empezó a pregonar:

—¿Quién quiere comprar barato? ¡Cintas y trajes de lindos colores!

Blancanieves se asomó a la ventana, y la vieja le dijo que bajara para que pudiera ver las cosas que llevaba. Bajó la niña y la vieja le probó un lindo vestido, pero la apretó tanto con las cintas que Blancanives cayó desmayada.

Creyendo que al fin había satisfecho su venganza, regresó al palacio, diciendo:

—¡Ahora ya no serás tú la más bella!

Al volver los enanitos, encontraron a la niña aparentemente sin vida, tendida en el suelo. Al darse cuenta de que las cintas del traje le oprimían el pecho, se las aflojaron, y la pobre niña empezó a respirar mejor, contándoles lo sucedido. Los enanitos comprendieron la venganza de la reina, y recomendaron a su amiguita que jamás abriera la puerta a personas desconocidas.

Días después, al consultar nuevamente la reina con el espejo, éste le dijo que Blancanieves seguía siendo la más bella del reino. La reina tomó entonces una peineta envenenada y disfrazándose de vendedora llegó a la casa del bosque. Cuando vio asomarse a Blancanieves a la ventana, le dijo:

—Baja, para que veas que traigo unas peinetas muy bonitas.

Insistió tanto que Blancanieves bajó y dejó que la vendedora le pusiera la peineta. La reina, entonces, le clavó con rabia la peineta y la niña cayó como muerta. De regreso los hombrecillos, al verla en ese estado, empezaron a buscar la causa, hasta que hallaron la peineta clavada en la cabeza; se la desprendieron con cuidado y la niña no tardó en volver en sí para contarles lo que le había pasado.

Tan pronto como la reina llegó a palacio, consultó a su espejo, y éste le dijo, como las veces anteriores, que Blancanieves era la más bella. Su furia fue enorme, y se dispuso a acabar de una vez por todas con la niña. Preparó una apetitosa manzana envenenada, se vistió como una campesina y se dirigió de nuevo a la casa de los enanitos.

—¡Vendo manzanas exquisitas! —gritó al pie de la ventana.

Blancanieves se asomó y le dijo que no podía aceptar nada de gente extraña.

—No creas que mi fruta está envenenada —dijo la falsa vendedora—. Para que veas que

la fruta es sana, yo me comeré un pedazo y tú el otro.

Partió rápidamente la manzana y comenzó a comer su parte, que era la que no tenía veneno, pero bien pronto Blancanieves mordió el otro trozo, cayó al suelo inmóvil.

—¡Esta vez nadie podrá devolverte a la vida! —dijo la reina alejándose y apretando las manos con alegría.

Cuando los enanitos volvieron a casa y hallaron a la niña en ese estado, trataron de investigar qué tenía, pero no lo consiguieron; y una vez seguros de su muerte, la encerraron en una hermosa caja de cristal, en cuya tapa pusieron el nombre de la niña y el dato de que era la hija del rey. Después, con mucha tristeza, cargaron la caja hasta una gruta que había arriba de la montaña.

Un día de espléndido sol pasó por allí un apuesto príncipe. Al ver a la niña, que parecía un ángel durmiendo, suplicó a los enanitos que le dejaran llevársela a su casa para poder admirar esa carita todos los días. Los buenos hombrecillos permitieron al príncipe que se la llevara a su palacio. Pero

uno de los hombres que cargaba el ataúd de cristal tropezó con una piedra, y la fuerte sacudida hizo salir de la boca de Blancanieves el pedazo de manzana envenenada. Entonces la niña se despertó y se levantó con cara de alegría. El príncipe, emocionado, les dijo a los enanitos que quería mucho a la niña y que se casaría con ella. El mismo día del casamiento del príncipe con Blancanieves, que ya era toda una señorita, la reina volvió a preguntar al espejo mágico quién era la mujer más bella del país, y su enfado fue mayúsculo cuando el espejo le respondió:

—Señora: la más hermosa de las mujeres es la princesa que se casa hoy.

La reina que estaba invitada a la fiesta, se encontró con que la novia era Blancanieves en persona, y llena de ira se retiró, pero los enanitos la llevaron lejos de allí y la obligaron a bailar largo rato, hasta hacerla caer al suelo rendida por el cansancio.

Blancanieves, que era muy buena, perdonó a su madrastra, que se arrepintió de todo el daño que le había hecho, arrojando el espejo mágico al suelo, con tal furia, que lo hizo trizas.

La niña vivio feliz, inmensamente feliz, junto a su cariñoso esposo, que la admiraba tanto.

Los siete cuervos

Un hombre tenía siete hijos, todos varones, y ninguna hija, a pesar de que lo deseaba mucho. Al fin, un día, su mujer volvió a estar embarazada y al cabo de unos meses nació una niña. La alegría de los padres fue muy grande, pero la criatura era pequeñita y muy débil, por lo que sus padres decidieron bautizarla enseguida por miedo a que se muriera. El padre envió a uno de sus hijos a la fuente a buscar agua para

el bautizo. Los otros quisieron acompañarlo corriendo cada uno velozmente para llegar antes que los demás, pero se les cayó el jarro al fondo de la fuente. Sin saber qué hacer, no se atrevieron a volver a su casa. Al ver que tardaban demasiado, su padre se impacientó y dijo:

—Seguro que estos diablos de niños estarán jugando sin acordarse del agua.

Cada vez más angustiado por el temor de que la niña muriera sin bautizarla, gritó en un arrebato de cólera:

—¡Ojalá se volvieran cuervos!

Apenas habían salido estas palabras de sus labios, cuando oyó un zumbido en el aire y, al levantar los ojos, vio que siete cuervos negros como la noche revoloteaban en el cielo.

Los padres no pudieron reparar ya los efectos de la maldición y quedaron muy tristes por

la pérdida de sus siete hijos. Sólo logró consolarles la compañía de su hijita que, pasado el peligro de sus primeros días, fue haciéndose cada vez más hermosa. Durante muchos años no supo que había tenido siete herma-

nos, pues los padres tenían mucho cuidado de no mencionarlos. Hasta que un día oyó por casualidad cómo unas personas decían de ella que era muy bonita, pero que tenía la culpa de la desgracia de sus hermanos. Muy confundida la niña fue a preguntar a sus padres si había tenido hermanos y qué había sido de ellos. Los padres no pudieron ya seguir guardando el secreto, pero le aseguraron que también ellos estaban muy afligidos desde entonces y que les gustaría volver a ver a sus hijos. De todos modos la niña se sentía culpable y pensó que era su deber ir a buscarlos. No tuvo un momento de reposo ni de tranquilidad hasta que, un buen día, sin decir nada a nadie, se fue por el mundo en busca de sus hermanos, dispuesta a liberarlos costara lo que costara. Sólo se llevó una sortija de sus padres como recuerdo, una hogaza de pan para matar el hambre, un garrafón de agua para apagar la sed y una silla para sentarse cuando estuviera cansada.

Caminó mucho, hasta muy lejos, casi hasta el fin del universo. Y llegó al sol, el cual emanaba un ardiente calor, insoportable para los niños pequeños. Salió corriendo de allí y llegó a la luna, que era fría, solitaria, y cuando descubrió a la niña dijo:

"¡Huele a carne humana!".

Escapó de allí a toda velocidad y se fue a las estrellas, que, muy cariñosas, sentadas cada una en su silla, la acogieron amablemente. El lucero del alba se levantó y dijo, mientras le daba una patita de pollo:

—Con esto podrás abrir la montaña de cristal.

Al llegar a la montaña de cristal, como encontró la puerta cerrada, buscó en su pañuelo la patita; pero, al desenvolverlo, vio que estaba vacío. ¡Había perdido el regalo de la estrella! ¿Qué iba a hacer ahora? Quería

salvar a sus hermanos, pero no tenía la llave de la montaña de cristal. Entonces se le ocurrió una idea: introdujo el dedo meñique en la cerradura y la puerta se abrió.

Cuando estuvo dentro, un enanito le preguntó:

—Hija mía, ¿qué vienes a buscar aquí?

—Busco a mis hermanos, que son los siete cuervos —respondió ella.

El enano añadió:

—Los señores cuervos no están en casa, pero si quieres esperar a que regresen, entra.

Sirvió entonces el enanito la comida de los siete cuervos en siete platos muy pequeños y la bebida en otras tantas copas del mismo tamaño. Y de cada plato la hermana probó un bocado y de cada copa bebió un sorbo, y en la última dejó caer la sortija que se había llevado de su casa. De pronto, sintió en el aire un ruido de aleteo y el enanito le explicó:

—Ahí llegan los señores cuervos.

Así fue: los cuervos entraron hambrientos y sedientos, buscando sus platos y sus vasos. Y exclamaron uno tras otro:

—¿Quién ha comido de mi plato? ¿Quién ha bebido de mi vaso? Ha sido una boca humana.

Cuando el séptimo vio el fondo de su copa, descubrió la sortija. La reconoció inmediatamente y dijo:

—¡Ojalá haya sido nuestra hermana quien ha venido, pues de ese modo quedaríamos desencantados!

Cuando la niña, que escuchaba detrás de la puerta, oyó este deseo, entró en la sala y en un instante todos recuperaron su figura humana. Y después de abrazarse unos a otros, regresaron muy felices a su casa.

Juan Sin Miedo

Había una vez un joven llamado Juan, quien había nacido con el privilegio de no sentir miedo de nada, por lo que todos lo conocían con el sobrenombre de Juan Sin Miedo.

Un día tuvo necesidad de salir de su pueblo para recorrer el mundo, deseoso de hallar algo que le hiciera sentir miedo. Una noche se detuvo en el bosque a descansar y encendió un buen fuego. A otro cualquiera le hubiera causado cierto temor estar a solas, a aquellas horas, en un país desconocido; pero como ya sabemos, este joven no tenía temor a nada, y se durmió como un bendito.

Cuando amaneció, Juan Sin Miedo divisó un negro castillo que se alzaba en una colina al pie del mar, y al poco rato vio que un hombre se acercaba a la carretera. Juan le preguntó:

—Buen hombre: ¿podrías decirme qué castillo es ése?

—¡Cómo! ¿No lo sabes? —contestó el hombre—. Es un castillo abandonado, donde nadie tiene el valor de permanecer en él por una noche. El rey ha prometido la mano de su hija, la princesa, a quien sea capaz de pasar tres noches seguidas dentro del castillo. Pero nadie hasta ahora ha sido lo bastante valiente para conseguirlo.

Juan Sin Miedo se despidió del hombre y se marchó hacía el palacio real. Solicitó permiso del rey para pasar tres noches seguidas dentro del castillo abandonado. Al soberano le gustó mucho la serenidad del joven, y le otorgó el permiso, aunque se imagi-

naba que el muchacho, lo mismo que los otros, no resistiría en el castillo ni la primera noche.

Juan Sin Miedo entró, pues, en el castillo y se preparó para dormir allí. Se acostó en una cama mullida y grande, y esperó. Hubo un silencio tan grande en la mansión tenebrosa, que sólo se podían sentir los latidos del corazón del valiente joven. Pero éste no sentía el menor miedo y se durmió tranquilamente. De repente, unos fieros ruidos le hicieron despertar, y vio que provenían de tres gatos gigantes, tan grandes como elefantes, que amenazaban saltar sobre la cama, echando chispas por los ojos y enseñando sus amenazadoras garras. Juan Sin Miedo se levantó tranquilo y, con un grueso bastón, hizo huir a los gatos, después se volvió a la cama y se quedó enseguida tranquilamente dormido.

A la mañana siguiente se admiró mucho el rey de que el muchacho no hubiera sentido

miedo, pero aseguró que no resistiría la segunda prueba.

Cuando llegó la noche, Juan Sin Miedo estaba sentado en un cómodo sillón, y empezó a oír un pesado arrastrar de cadenas. Ense-

guida apareció un horrible fantasma capaz de asustar a cualquiera que no fuera nuestro héroe; pero éste se echo a reír, y le dijo al fantasma que no hiciera tanto ruido, porque interrumpía su descanso.

El fantasma, cuando vio que no lograba aterrorizar al joven, concluyó por irse, y Juan Sin Miedo se durmió hasta avanzadas horas del día siguiente.

El rey se extrañó mucho de que tampoco en la segunda noche hubiera sentido miedo aquel joven.

—No importa —dijo—. En esta tercera noche se morirá de espanto.

Y cuando vino nuevamente la noche, Juan Sin Miedo oyó desde el salón una voz que partía del extremo superior de la chimenea, y que decía: "¡Ahora bajo!".

Entonces cayó por el hueco de la chimenea una pierna humana. Luego cayó otra pierna, luego un brazo, más tarde otro, enseguida la cabeza, luego el cuerpo, y a medida que iban cayendo, Juan Sin Miedo los apartaba y los dejaba en un rincón. Cuando cayó al

suelo el último trozo, se reunieron ellos solos y formaron el más espantable gigante que se haya visto. Pero el muchacho, con la calma más admirable, dijo:

—Ven, amigo, acércate al fuego y desentume tus músculos. Hace mucho frío esta noche y nadie, ni siquiera tú, podrá resistirlo.

Y el gigante estuvo junto al joven casi toda la noche; pero viendo que no lograba aterrarlo, desapareció, porque se dio cuenta de que estaba haciendo el rídiculo.

El rey no tuvo otra alternativa que casar a su hija con Juan Sin Miedo. Una noche, mientras dormía, la princesa le echó agua en la cara, y Juan se despertó muy asustado, poniéndose en pie de un salto. Por primera vez en su vida había sentido miedo; pero lo disipó pronto gracias al cariño que sentía por su esposa.

La hija del molinero

Érase una vez un pobre molinero que tenía una hija muy bella. Un día tuvo ocasión de hablar con el rey y, para darse importancia, le dijo:

—Tengo una hija que cuando hila es capaz de convertir la paja en oro.

—Me gusta mucho esta habilidad —respondió el rey—. Si tu hija tiene ese don como dices,

tráela mañana a palacio para que haga una demostración.

Cuando le presentaron a la muchacha, el monarca la condujo a una habitación llena de paja y, dándole una rueca, le dijo:

—Ponte enseguida a trabajar. Mañana por la mañana toda esta paja debe estar hilada y convertida en oro. Si no sucede así, morirás.

Luego cerró la puerta con llave, dejando a la muchacha sola en el interior.

La desdichada hija del molinero no sabía qué hacer para salvar su vida. Jamás le había pasado por la imaginación que pudiera transformar la paja en oro. Su angustia aumentaba por momentos y, finalmente, se puso a llorar. De pronto, se abrió la puerta y apareció un enano.

—Buenas noches, molinerita. ¿Por qué lloras así? —preguntó el recién llegado.

—¡Ay de mí! Tengo que convertir toda esta paja en oro, y no sé cómo hacerlo.

—¿Qué me darás si la hilo yo por ti? —interrogó el hombrecillo.

—Mi collar —respondió la doncella.

Tomó el enano el collar y, sentándose a la rueca, en tres pasadas llenó la canilla. Puso luego otra, y otra, y otra más, hasta acabar con toda la paja, que quedó hilada. Todas las canillas fueron convertidas en oro.

Al amanecer se presentó el rey, y al ver tan enorme riqueza se puso muy contento. Pero su codicia le pedía aún más. Ordenó conducir a la hija del molinero a una habitación mucho más amplia e igualmente repleta de paja. Después ordenó a la muchacha que la hilara también en el plazo de una noche. La molinera se puso a llorar otra vez, y nuevamente se presentó el enanito en su ayuda. Esta vez ella ofreció a cambio su sortija.

El enano se puso a la rueca, y al llegar la madrugada toda la paja había quedado convertida en oro. El rey se alegró mucho al verla, pero su avaricia hizo que llevara a la muchacha a una habitación aún más grande

con la misma intención que en las ocasiones anteriores. Y le dijo:

—Esta noche vas a hilarme todo esto, y si lo consigues me casaré contigo.

El monarca pensaba para sí: "Aunque sea la hija de un molinero, no encontraré una mujer con mejor dote".

Al quedar sola la muchacha, se presentó el enanito por tercera vez, pidiendo, como en anteriores ocasiones, algún bien a cambio.

—No tengo más para darte —respondió ella.

—Bueno, pues prométeme que cuando seas reina me darás a tu primer hijo.

"¡Quién sabe lo que me deparará el futuro!", pensó la molinerita. Ante el apuro en que se hallaba, prometió cumplir con lo que se le pedía, y el enano convirtió toda aquella paja en oro.

Cuando a la mañana siguiente descubrió tanto oro el rey, se casó con la muchacha y ella pasó a ser la reina del país. Al cabo de un año tuvieron su primer hijo. La reina se había olvidado ya de la promesa que había hecho al enano, pero éste se presentó un día en su alcoba para recordársela.

La reina se horrorizó y ofreció al enanito todas las riquezas del reino si renunciaba al niño, pero el hombrecillo replicó:

—No. Un ser viviente vale para mí más que todos los tesoros de la tierra.

La madre se deshizo en lágrimas y ruegos, y el enano se compadeció:

—Bueno, te lo dejaré tres días; si al cabo de ellos has averiguado cuál es mi nombre, te liberaré de tu promesa.

La reina pasó en vela toda la noche tratando de recordar cuantos nombres había oído en su vida, e incluso envió a un mensajero con la orden de informarse de todos los nombres que existieran. Al presentarse el hombrecillo al día siguiente, ella empezó: "Melchor..., Gaspar..., Baltasar...", pero a cada uno respondía el enano:

—¡No, no me llamo así!

Durante el segundo día, la reina hizo investigar todos los nombres de la comarca y luego le fue diciendo al enanito los más difíciles y raros.

—¿No te llamarás, acaso, Costilludo, o Pata de Carnero, o Piececito?

—No, ése no es mi nombre.

El tercer día dijo el emisario a su regreso.

—Me ha sido imposible dar con un solo nombre nuevo.

Pero, en la cumbre de una montaña, he visto una casita muy pequeña y un enanito que saltaba delante de ella cantando una extraña canción:

"Hoy hago pan, mañana cerveza, pasado me traigo al hijo del rey. Nadie puede sospechar que mi nombre es Saltarín".

Pueden imaginar lo contenta que se puso la reina al escuchar aquel nombre. El enano apareció y preguntó:

—Bien señora, ¿cómo me llamo?

—¿Te llamas, por casualidad, Conrado?

—¡No!

—¿Y Enrique?

—¡No! ¡No!

—¿No te llamarás, acaso, Saltarín?

—¿Quién te lo ha dicho?

El enanillo, encolerizado, dio una patada muy fuerte en el suelo y se hundió casi hasta la cintura. Luego desapareció y nadie volvió a verle en las proximidades del palacio.

Los duendes zapateros

Había una vez un zapatero que cada día empobrecía más sin poder remediarlo, estaba tan pobre que solamente le quedaba un pedazo de cuero con el que podría hacer únicamente un par de zapatos. Los cortó una noche con intención de coserlos y terminarlos al día siguiente. Como era un hombre bueno, se preparó para descansar y después de haberse encomendado a Dios, se quedó dormido. Por la mañana,

ya que había rezado sus oraciones, iba a ponerse a trabajar cuando encontró sobre la mesa el par de zapatos completamente terminado.

Asombrado el hombre, sin saber qué decir ni qué pensar, tomó los zapatos y los examinó bien por todos lados. Estaban acabados con

todo detalle; no había ni una sola puntada que pudiera reprocharse; eran una verdadera obra de arte.

Al poco rato entró un comprador, y tanto le gustó el par que pagó por él más de lo que era costumbre, con lo que el zapatero pudo comprar cuero para hacer dos pares. Los cortó al anochecer, dispuesto a trabajarlos al día siguiente. Pero no hizo falta, porque al levantarse estaban allí terminados y no faltaron tampoco clientes que le dieran por ellos el dinero suficiente para comprar el cuero de cuatro pares. A la mañana siguiente también estuvieron listos los cuatro pares, y ya en adelante, todo lo que dejaba cortado por la noche lo encontraba cosido al levantarse. Con lo que el buen zapatero tuvo pronto buenos ingresos, hasta poder considerarse casi rico.

Pero una noche, antes de Navidad, el zapatero, tras cortar los pares del día siguiente, le dijo a su mujer:

—¿Qué te parece si esta noche nos quedamos en vela para ver quién es el que nos ayuda de este modo?

A su mujer le pareció muy bien la idea. Dejó una vela encendida y los dos se escondieron en un rincón, detrás de unas ropas colgadas.

Al sonar las doce se presentaron dos graciosos duendecillos desnudos. Se sentaron en la mesa del zapatero y con sus diminutos dedos se pusieron a punzar, coser y clavar con tal velocidad y soltura que el zapatero creía estar soñando. Los enanitos no pararon hasta que todo estuvo terminado. Luego desaparecieron con toda rapidez.

A la mañana siguiente, dijo la mujer:

—Estos duendecillos nos han hecho ricos y hemos de demostrarles nuestro agradecimiento. Deben tener mucho frío, yendo sin ropa. ¿Sabes lo que he pensado? Les coseré a cada uno una camisita, una chaqueta, un pantalón y unos calzones, y además les tejeré un par de medias. Tú les harás un

par de zapatitos a cada uno. El hombre respondió:

—Me parece muy buena idea.

Pusieron sobre la mesa todo lo que habían dicho, y se escondieron para ver cómo acogían el regalo los enanitos. A medianoche llegaron ellos y se dispusieron a emprender su tarea, pero en vez del cuero cortado encontraron las primorosas prendas.

Primero se asombraron, pero enseguida se pusieron muy contentos. Se vistieron rápidamente y comenzaron a cantar:

—¿No somos ya dos mozos guapos y elegantes?
¡Para qué seguir de zapateros como antes?

Luego saltaron y bailaron sobre las mesas y bancos de la zapatería hasta que al fin, sin interrumpir su alegría desaparecieron por la puerta.

Los duendecillos no volvieron más al taller del zapatero, que ya no se vio en apuros durante el resto de su vida.

Él y su mujer fueron muy felices y tuvieron éxito en todas las cosas que emprendieron.

¡Mesa, cúbrete!

Érase una vez un sastre que tenía tres hijos y una sola cabra. Como la cabra alimentaba con su leche a toda la familia, necesitaba buen pienso, y todos los días había que llevarla a pastar. De esto se encargaban los hijos, por turnos. Un día, el mayor la condujo al cementerio, donde la hierba crecía lozana, y la dejó hartarse y saltar a sus anchas. Al anochecer, cuando fue la hora de volver, le preguntó:

—¿Estás satisfecha? Pues, entonces, vámonos a casa.

Y la dejó atada en el establo. Sin embargo, bajó el padre y le preguntó si tenía hambre, y la cabra respondió que sí. Se enfadó el sastre con su hijo y le dio una paliza. Lo mismo le pasó con el segundo hijo y con el tercero. El sastre reunió a los muchachos y les recriminó:

—¡Pandilla de embusteros! No se volverán a burlar de mí.

Después de los golpes que habían recibido, los chicos escaparon de su casa. El viejo se quedó solo con su cabra. A la mañana siguiente bajó al establo y acariciándola le dijo:

—Vamos, animalito mío. Yo te llevaré a pastar.

Luego, tirando de la cuerda, la llevó a un gran seto verde y allí la dejó hasta que se puso el sol. Cuando volvió a buscarla preguntó:

—¿Cabrita, ya estás llena?

—Tan harta me encuentro que otra hoja no me cabe dentro.

—Pues vámonos a casa —añadió el satre llevándola al establo y dejándola luego bien sujeta.

Pero al marcharse, se volvió aún para preguntarle:

—¿Has quedado saciada esta vez?

Y la cabra respondió:

—¿Cómo voy a estar saciada? Sólo estuve en la zanja sin encontrar ni una miserable hoja.

Al oír esto, el sastre creyó volverse loco, pues se daba cuenta de que había perdido a sus hijos sin motivo. Furioso, fue al establo, cogió a la cabra, le llenó la cabeza de jabón y se la afeitó. Después dijo que se fuera y que nunca más volviera a aquella casa.

El sastre, ya solo en su casa, sintió una gran tristeza. Echaba de menos a sus hijos, pero nadie sabía su paradero. El mayor había entrado de aprendiz en casa de un ebanista y había trabajado tanto y tan bien que, al despedirse, su maestro le había regalado una mesa de aspecto ordinario, pero que poseía una propiedad singular. Cuando se le colocaba en el suelo y se le decía: "¡Mesa, cúbrete!", inmediatamente quedaba cubierta con un mantel blanco y limpio, y sobre él aparecían plato, cuchillo y tenedor. Y, además, tantas fuentes como en ella cabían llenas de manjares cocidos y asados, y un gran vaso de vino que alegraba el corazón. El muchacho pensó que con aquella mesa podría alimentarse bien durante toda su vida. No tendría que preocuparse de comer en posadas ni en hosterías.

Muy contento, decidió volver a casa de su padre, el sastre, pensando que ya se le habría olvidado el enfado. De camino entró en una posada y el posadero le invitó a cenar con

su familia, pero él se lo agradeció invitándoles a su vez.

Los demás se echaron a reír, pensando que quería gastarles una broma. Pero el muchacho instaló su mesa en el centro de la habitación y dijo:

—¡Mesa, cúbrete!

E inmediatamente apareció llena de manjares estupendos.

—¡A servirse, amigos! —exclamó el ebanista.

Los invitados, al ver que la cosa iba en serio, se abalanzaron sobre los platos. Lo que más les animaba era comprobar que cuando las fuentes se vaciaban, se volvían a llenar de nuevo.

El posadero pensaba: "Con un cocinero así, ¡qué buen servicio habría en la posada!"

Por fin todos los invitados se fueron a dormir. El posadero, cavilando, cavilando, se acordó de que tenía en el desván una mesa muy parecida a la del ebanista. Y, mientras el chico dormía, se la cambió.

A la mañana siguiente, el muchacho se despidió y al mediodía llegó a casa de su padre, que lo recibió con los brazos abiertos.

—Hijo mío, ¿qué has aprendido por esos mundos?

—Padre, me hice ebanista.

—Buen oficio —respondió el viejo—. ¡Y qué has traído de tus andanzas?

—Lo mejor que traigo es esta mesa.

El sastre la miró por todos lados y no vio nada extraordinario.

—Es una mesa encantada —explicó el hijo—. Cuando la coloco en el suelo y le digo: "Mesa, cúbrete", se llena de manjares a cual más apetitoso.

Reunieron a todos los amigos y parientes en una gran sala. Cuando estuvieron todos atentos, el ebanista dijo las palabras mágicas.

Pero la mesa no hizo caso. El muchacho pensó que se la habían cambiado, pero los invitados se rieron de él. El padre volvió a sus agujas y a sus tijeras, y el hijo se colocó como oficial ebanista en un taller.

El segundo hijo había ido a parar a un molino, donde aprendió el oficio de molinero. Como había trabajado muy bien, el amo le regaló un asno muy especial que no tiraba de carros, ni soportaba cargas.

—¿Para qué sirve entonces? —preguntó el chico.

—Fabrica oro. No tienes más que extender un lienzo en el suelo y decir: "Briclebric", y el animal empezará a echar onzas de oro por delante y por detrás.

—¡Es un animal maravilloso! Cuando necesite dinero, ya sé lo que debo hacer.

Y decidió volver a casa de su padre. Sucedió, entonces, que fue a parar a la misma posada que su hermano. El posadero quiso llevarse el asno por la brida, pero él no se lo permitió.

—No te molestes, yo mismo llevaré el rucio a la cuadra y lo ataré para saber dónde lo tengo.

Al posadero aquello le pareció muy raro. Y cuando vio que el huésped metía la mano en

el bolsillo y sacaba onzas de oro, se dedicó a observarlo. Le pidió más precio de lo normal y como el muchacho tenía el bolsillo vacío, rogó que esperara un momento y volvió al instante con más monedas.

El posadero estaba intrigado y a la siguiente ocasión en que le pidió dinero, fue a observar de dónde lo sacaba. Miró por el ojo de la cerradura de la cuadra y pudo ver cómo el forastero extendía un lienzo en el suelo, le decía al asno "Briclebric" e inmediatamente el animal se ponía a soltar monedas de oro.

El posadero pensó que no sería mal negocio tener una máquina así en su propia casa. Y, mientras el muchacho dormía, le cambió su asno encantado por uno vulgar y corriente.

El huésped pagó la cuenta y salió llevándose el asno que él creía maravilloso. Cuando llegó a su casa, su padre lo recibió con gran alegría y le dijo:

—¿Qué has hecho, hijo mío?

—¡Pues soy molinero, padre! —exclamó el muchacho.

—¿Qué traes de tus andanzas por el mundo?

—Un asno mágico que fabrica onzas de oro. Llama a los parientes, que nos vamos a hacer ricos todos.

En cuanto estuvieron todos reunidos, el molinero le dijo al asno "Briclebric", y no cayó nada. El pobre molinero quedó muy desilusionado y pensó que le habían cambiado el asno. Su padre siguió trabajando con la aguja y él tuvo que buscar trabajo en un molino cercano.

El tercer hijo había entrado de aprendiz en el taller de un tornero y, como es un oficio difícil, el aprendizaje fue más largo. Sus hermanos le contaron en una carta lo que les había pasado y cómo les habían robado sus tesoros. Cuando el muchacho hubo apren-

dido el oficio, quiso volver a su casa y su maestro le dio en recompensa un saco, diciéndole:

—Ahí dentro hay una estaca. Si alguien te maltrata o busca pelea contigo, no tienes más que decir: "¡Bastón, fuera del saco!", y enseguida le verás saltar sobre las espaldas de los camorristas, de tal modo que les dejará adoloridos durante varios días. No cesará la paliza hasta que grites: "¡Bastón, al saco!".

El muchacho dio las gracias a su maestro y llegó a la misma posada que sus hermanos. Dejó el saco sobre la mesa y se puso a explicar a todos las maravillas que había visto en sus correrías.

—Sí —dijo—, ya sé que hay mesas mágicas, asnos de oro y otras cosas por el estilo, pero en nada son comparables al tesoro que yo llevo en el saco.

El posadero aguzó el oído. "¿Qué diablos podrá ser?", pensó. "Seguro que está lleno de piedras preciosas. He de pensar el modo de hacerme de ellas".

Cuando le vino el sueño, el forastero se echó a dormir poniéndose el saco de almohada. El posadero fue sigilosamente a quitárselo y el tornero, que estaba haciéndose el dormido, dijo: "¡Bastón, fuera del saco!", y el bastón le empezó a dar una gran paliza al posadero. El tornero, viéndolo en tierra, le dijo:

—Si no me entregas la mesa mágica y el asno de oro, empezaremos de nuevo.

—¡Enseguida, enseguida! —respondió el hombre.

El tornero mandó al bastón que volviera al saco y el posadero entregó lo que le había pedido. Y así, cargado con sus tesoros, volvió contento a casa de su padre.

El sastre hizo a su hijo pequeño las mismas preguntas que a los otros. Cuando le preguntó qué había traído, el muchacho contestó que una estaca. El padre lo miró muy asom-

brado y el hijo le explicó las propiedades maravillosas que aquella estaca poseía. Gracias a ella había rescatado la mesa mágica y el asno de oro de sus hermanos.

—Padre, llama a los dos —añadió— e invita a todos los parientes, que somos ricos.

El viejo sastre convocó a los parientes, pero no tenía mucha confianza. Entonces el tornero tendío una tela en el suelo y dijo a su hermano el molinero que se entendiera con el asno. Apenas éste pronunció la palabra "Briclebric", el asno empezó a soltar un chaparrón de ducados de oro. Cada quien recogió cuantas monedas podía llevar. Luego dijo el hermano mayor a la mesa: "Mesa, cúbrete", y apareció un banquete espléndido del que todos disfrutaron.

El sastre guardó en su armario agujas e hilos y vivió, en adelante, feliz con sus hijos y sus tesoros.

Pero, a todo esto, ¿qué había sido de la cabra que tuvo la culpa de que los hijos del sastre se fueran de casa? Pues se los voy a contar.

La cabra, avergonzada de su afeitada cabeza, fue a ocultarse en la madriguera de una zorra.

Cuando la zorra volvió a su agujero, dijo la fugitiva:

—¿Qué pasa?, hermana zorra, ¿de qué te asustas?

La zorra creyó que era un monstruo y fue a buscar al oso.

—Bah, pronto lo echaremos —dijo el oso.

Acompañó a la zorra hasta su guarida, pero al ver los ojos de fuego de la cabra, tuvo miedo también y, no queriendo enfrentarse con aquel extraño animal, huyó. La abeja, al verlo correr, le preguntó qué le pasaba. Él se lo explicó y entonces se acercó la abeja. Y volando por la madriguera de la zorra, se posó en la pelada cabeza de la cabra y le clavó el aguijón con tanta furia que la cabra huyó dando grandes saltos. Y ésta es la hora en que nadie ha vuelto a oír hablar de ella.

El pájaro de oro

En un lejano país de Oriente vivía un rey que guardaba con mucho orgullo un árbol que le daba manzanas de oro. Este árbol era su predilecto y gozaba de todos los mimos de un labriego dedicado especialmente al cuidado y cultivo de este singular árbol.

Un día se presentó el labriego ante el rey muy asustado, y le dijo:

—Majestad, anoche robaron una manzana del árbol. Voy a encargar a mi hijo mayor que haga guardia esta noche, a ver si se repite el robo.

Así lo hizo, pero volvió a ser robada otra manzana de oro, y así todas las noches, sin que el hijo mayor ni su hermano mediano pudieran resistir el sueño, y cada mañana faltara una manzana de oro del árbol prodigioso.

Pusieron como guardián al más joven de los hijos del labriego, que vio cómo un pájaro de oro cogía una de las manzanas y se la llevaba. El muchacho le disparó un certero flechazo, pero sólo hizo caer una pluma del pájaro. Aquella pluma era de oro macizo y el rey, dirigiéndose al labriego, le dijo:

—Si quieres que perdone tu descuido, debes traerme el pájaro de oro.

El labriego envió a su hijo mayor en busca del pájaro, y en su camino se encontró con un zorro, y le apuntó. El zorro le dijo:

—No dispares contra mí, y te daré un consejo. Cuando llegues a la aldea, verás dos posadas. Una, cómoda y agradable; la otra, fea y triste. Alójate en la segunda, aunque no te sea agradable; yo sé por qué te lo digo.

Pero el joven no le hizo caso y disparó contra el animal, haciéndole huir al bosque.

Y cuando llegó al pueblo, el joven se alojó en la mejor posada, contrariando los consejos del zorro, y encontró tantas distracciones que, olvidando su cometido, no volvió a acordarse del pájaro de oro que buscaba.

Enseguida salió en su busca el segundo hijo del labriego, pero le sucedió lo mismo que a su hermano, e igual que él se hospedó en la posada de mejor apariencia. Como ninguno de los hermanos regresaba, el más joven de todos salió en busca del pájaro de oro. Cuando se encontró con el zorro no disparó como hicieron sus hermanos, y el zorro le dijo:

—Monta sobre mi cola y te llevaré al pueblo.

El zorro, cargando con el joven, pareció volar, y lo dejó en la posada incómoda, diciéndole:

—Mañana irás al castillo negro y verás que toda la servidumbre está dormida. Sobre una mesita está el pájaro de oro dentro de una jaula de madera, y a su lado hay otra jaula dorada. Sácalo, pero no intentes cambiarlo de jaula, porque te arrepentirás después.

El joven hizo la promesa de seguir las instrucciones, pero cuando vio la jaula de oro, no pudo resistir la tentación e intentó agarrarla.

Entonces, el pájaro de oro gritó hasta despertar a la servidumbre, que llevó preso al joven a presencia del señor del castillo.

—Mañana serás ahorcado —dijo éste—si no me traes el caballo que corre como el viento.

El joven se puso en camino y se mostraba indeciso, pues no sabía dónde ir, cuando se encontró con el zorro, quien le dijo:

—En el palacio blanco encontrarás a todos dormidos, y el caballo tendrá dos sillas, una nueva y otra vieja; pero escoge tú la vieja y verás.

A pesar de ello, el joven escogió la nueva, y cuando se la puso al caballo, éste relinchó hasta despertar a toda la servidumbre, que cogió al muchacho y lo llevó ante el señor del palacio.

—Te haré cortar la cabeza —le dijo—si no me traes a la hija del rey.

El joven encontró al zorro cuando salía de palacio, y éste le dijo:

—A medianoche, la princesa toma un baño. Bésale la mano y ella te seguirá donde quieras; pero no permitas que se despida de sus padres.

El joven siguió al pie de la letra las instrucciones del zorro y pudo así llevarse a la princesa. Al verlos, el zorro les dijo:

—Muy bien; ahora, si me obedeces, tendrás princesita, caballo y pájaro. ¿Cómo? Cuando

llegues delante del señor del palacio blanco, pedirás el caballo a cambio de la princesa, y cuando estés montado sobre él, la subes a la grupa y sales a la carrera, sin que nadie logre alcanzarte. Cuando llegues al castillo negro,

entrarás tú solo con el caballo y dirás que quieres examinar el pájaro para ver si es verdadero. Cuando lo tengas en tus manos, sales corriendo y te reúnes con nosotros.

Todo salió con éxito, y nuestro joven héroe regresó al palacio del rey, le entregó el pájaro de oro y salvó así a su padre. Luego se casó con la princesita, y cuando el rey murió, como no tenía hijos, le dejó su reino para que lo gobernara.

Las princesas bailarinas

En los confines del mundo vivía un rey muy bondadoso y querido por su abuelo. Nada hubiera turbado la tranquilidad de su vida y su dicha, si no existiera un misterio que el viejo rey anhelaba descifrar.

El soberano tenía doce hijas muy bonitas, encantadoras, pero muy traviesas. Estaban siempre juntas y dormían todas en la misma recámara. Por las noches, cuando se retira-

ban a su dormitorio, el propio rey cerraba la puerta con llave, después de dar un beso a cada una. Y, sin embargo, todas las mañanas las princesas debían estrenar zapatos nuevos, porque los del día anterior estaban

destrozados, como si sus dueñas no hubieran hecho otra cosa que caminar y bailar durante toda la noche.

—¡Pero si no han podido salir! —decía desesperado el rey, mientras las princesitas sonreían con picardía.

El rey decidió descubrir aquel secreto y publicó un anuncio ofreciendo una recompensa y la mano de la princesa elegida a quien hallara la solución del problema. Pero si esa persona, al cabo de tres días, fracasaba, debía pagarlo con su vida. Muchos jóvenes intentaron la aventura, y a todos les sucedió lo mismo: durante su guardia caían vencidos por el sueño, y al despertarse veían los doce pares de zapatos destrozados, sin saber por qué.

Un joven y apuesto soldado que volvía al país, al atravesar un bosque, halló una anciana cargada con un haz de leña y, com-

padecido, se ofreció a ayudarla. Mientras caminaban hasta la choza de la anciana, el joven, que había oído hablar del asunto de las doce princesas, manifestó que estaba dispuesto a probar suerte.

—Quiero ayudarte, buen joven —contestó la anciana—. Antes de que te acuestes, una de las princesas te ofrecerá vino. No tomes ni una gota. Después, ponte esta capa que te doy. Con ella te harás invisible.

El soldado le dio las gracias y se dirigió al palacio, donde se presentó ante el rey como voluntario para resolver el misterio de los zapatos. Las princesas se miraron y sonrieron.

Por la noche, una de las jóvenes le ofreció una copa de vino. El soldado hizo como que bebía, pero dejó caer el vino sin que la princesa lo notara. Poco después fingió dormir, dando grandes ronquidos, en tanto que las doce muchachas reían divertidas.

—¡Pobrecillo! —dijeron—. ¿Por qué habrá intentado esta aventura que le costará la vida?

Convencidas de que el joven soldado dormía, se pusieron los zapatos nuevos que les habían entregado ese día. Después, la hermana mayor dio unas palmadas, y una de las camas se hundió dejando al descubierto una trampa con una escalera. Por ella desaparecieron, y apenas tuvo tiempo el soldado de seguirlas. Tan apresuradamente lo hizo que pisó el vestido de la última, quien dio un grito, alarmando a sus hermanas.

—No seas tonta —replicó la mayor cuando la princesa explicó lo que pasaba—. No pueden haberte pisado el traje. Te habrás enganchado.

Al final de la escalera había un camino, y por él llegaron las doce princesas a un hermoso parque. Como el soldado tenía puesta la capa invisible, ninguna de las muchachas pudo verlo. Atravesaron el parque, cuyos árboles tenían hojas de plata. El joven arrancó una ramita, que crujió, y la pequeña volvió a advertir a sus hermanas.

—No seas tonta —dijo la mayor—. Estás imaginándote sonidos. Es el viento.

Siguieron caminando, y así llegaron a orillas de un lago donde las esperaban doce barcas.

Subieron a ellas, y el soldado alcanzó a tomar la última, junto a la más joven.

—No puedo remar —se lamentó la niña—. Mi barca pesa mucho esta noche.

—No seas tonta —dijo la mayor—. ¡Deja a un lado tu flojera y síguenos!

Al otro lado del lago, en medio de un maravilloso jardín, se levantaba un castillo. Una suave música flotaba en el aire, y al desembarcar las doce princesitas se pusieron a bailar. La música era cada vez más viva, y más y más bailaban las jóvenes. Hasta que, por fin, cayeron rendidas, con los zapatos completamente destrozados.

Entraron luego al castillo, donde las esperaba una mesa servida. Pero cuando la más joven quiso beber, el soldado había vaciado ya su copa. Asombrada, comunicó el misterio a sus hermanas.

—La habrás volcado —dijo la mayor.

Cerca del amanecer, volvieron otra vez a las barcas, atravesaron de nuevo el jardín, y regresaron al dormitorio.

El soldado, invisible y ligero, trepó antes que ellas la escalera, y cuando las doce niñas llegaron, lo hallaron tan dormido como lo habían dejado.

Tres noches seguidas sucedió lo mismo, siempre con los temores de la más pequeña, que sentía que algo andaba mal; y que recibía la misma respuesta de su hermana mayor: "No seas tonta".

Por fin, llegó el último día del plazo. El soldado compareció ante el rey y contó todo cuanto había visto en el jardín encantado. El rey, que no salía de su asombro, hizo llamar a sus doce hijas para saber si aquello era cierto. Las muchachas, que habían entrado riéndose, no supieron qué cara poner al saberse descubiertas. Pero muy pronto confesaron la verdad.

El rey felicitó al soldado y le ofreció la mano de una de sus hijas. El soldado eligió a la menor, se casaron y fueron muy felices.

Las tres bilanderas

Hubo una vez una joven hermosa y buena, pero con el feo defecto de odiar el trabajo, y su madre no conseguía que se dedicara a hilar un poco, a pesar de sus continuos consejos.

Un día, enojada ya la madre de no poder conseguir que su hija trabajara, le propinó un sonoro bofetón que le hizo ver las estrellas en pleno día.

Como es de suponer, la muchacha se echó a llorar y comenzó a gritar. En aquel momento pasaba por allí la reina, que iba en su carroza real. La soberana, que tenía fama de ser muy buena, al oír el llanto de la niña, ordenó que se detuviera el vehículo y bajándose de él, entró en la casa para averiguar lo que sucedía.

La madre, tratando de ocultar las verdaderas causas del incidente, respondió:

—Mi hija llora porque como soy muy pobre, no le puedo dar todo el lino que necesita para hilar.

—Es lamentable que esta preciosa joven no pueda satisfacer sus deseos —replicó la reina—. A mí me causa un enorme placer el ruido de la rueca. Por tanto, le ruego que me deje llevarla a palacio, donde podrá hilar cuanto quiera, pues tengo tanto lino como para que hile durante muchos años.

Tanto la madre como la hija se quedaron mudas, y la soberana, tomando este silencio como aprobación a su proposición, mandó a la joven que la siguiera, y ésta, no queriendo desobedecer, entró en la carroza, que partió

de inmediato rumbo a palacio. Apenas llegaron, la reina llevó a su protegida a unas habitaciones repletas hasta el techo de lino. Entonces, le dijo:

—Cuando concluyas de hilar todo este lino, te haré casar con mi hijo mayor. No importa que seas humilde, pues siempre he pensado que la mujer hacendosa tiene ya la mejor dote que puede desear su esposo.

La pobre joven no tuvo palabras para replicar. Sólo tenía la seguridad de que jamás hilaría el lino, y entonces la soberana, desengañada, la haría castigar. Por otra parte, había allí tal cantidad de lino que con sólo verlo perdía el ánimo y reconocía para sí que ni en todos los años de su vida podría dar fin a la abrumadora tarea de hilarlo.

La pobre joven se echó a llorar desconsoladamente y durante tres días no se atrevió ni

a iniciar su trabajo. Pasado este tiempo, se presentó la reina, pidiendo ver lo que había hecho. Al ver que nada había trabajado, se extrañó.

—No puedo olvidar a mi madre —se excusó la joven—, esta pena me quita el deseo de trabajar.

Esta excusa dejó satisfecha a la soberana, que prodigó a la muchacha frases de consuelo y ánimo, recomendándole amablemente que empezase a hilar cuanto antes.

Al quedarse sola, la joven se asomó a la ventana, desde donde observó a tres mujeres de raro aspecto. Una de ellas tenía el labio inferior tan grande y descolgado que le cubría la barbilla. Otra tenía el pulgar de la mano derecha tan grande y aplastado, que parecía una aleta. Y la tercera tenía un pie muy aplastado y bastante ancho, que daba lástima.

Al llegar las mujeres debajo de la ventana se detuvieron. Viendo que la joven tenía los ojos llenos de lágrimas, una de ellas le preguntó la causa de su pena.

La joven les contó todo, y cuando hubo concluido, una de las deformes mujeres le dijo:

—Nosotras somos hábiles en el hilado y haremos el trabajo por ti; pero antes debes prometer invitarnos a tu boda, llamarnos primas tuyas, no avergonzarte de nosotras y sentarnos a la mesa del banquete de tus nupcias.

—¡Con mucho gusto lo haré! —exclamó la muchacha—. ¡Entren y empiecen cuanto antes!

Las ayudó a entrar por la ventana y cuando estuvieron dentro les señaló el enorme montón de lino, y las tres comenzaron la tarea. La primera mojaba el hilo con su enorme labio; la segunda lo retorcía, apoyándolo en la mesa con el dedo pulgar; y la tercera estiraba el lino y hacía girar la rueca con su enorme pie. De esta manera las tres hilanderas avanzaron de forma increíble.

Cuando la reina entraba a observar el adelanto de la tarea, las hilanderas se ocultaban detrás del montón de lino, mientras la perezosa le mostraba el trabajo realizado, consiguiendo la admiración de la soberana.

Cuando estuvo hilado todo el lino que llenába la primera habitación, pasaron a la segunda, y luego a la tercera, de modo que dieron fin al lino en menos tiempo del que calcularon.

Cuando la reina vio que el trabajo estaba hecho, se sintió tan contenta y llena de entusiasmo, que inmediatamente fijó el día de la boda con su hijo.

En cuanto conoció el príncipe a su elegida, no solamente no puso el menor reparo en casarse con ella, sino que, prendado de la belleza de la joven, que además de hermosa era hacendosa, quiso adelantar la fecha de la boda.

—Desearía pedirte una cosa —dijo la joven—. Tengo tres primas a quienes quiero mucho, y me encantaría que estuvieran en mi boda.

Tanto el príncipe como la reina accedieron gustosos a esta petición y, cuando llegó el día de los esponsales, se presentaron las tres hilanderas muy bien ataviadas, pero sin poder ocultar sus deformidades, que llamaron la atención general.

El novio, no pudiendo ocultar su curiosidad, se dirigió a una de ellas y le preguntó:

—¿Por qué tienes un pie tan grande y tan ancho?

—Se me ha vuelto así de tanto pedalear la rueca —respondió la hilandera.

Y dirigiéndose a la segunda, inquirió:

—Y tú, ¿por qué tienes ese labio tan caído?

—De tanto mojar el hilo, señor —replicó ella.

—Y tú ¿por qué tienes ese dedo pulgar tan crecido? —interpeló a la tercera.

—Porque estoy retorciendo continuamente el hilo.

El príncipe, asustado, juró que, en lo sucesivo, su esposa no volvería ni a mirar la rueca, pues no quería por nada del mundo que se, deformase su bella consorte.

Hansel y Gretel

Érase una vez un leñador alemán muy pobre que vivía cerca de un bosque. Su primera esposa al morir le había dejado dos hijos: Hansel y Gretel; de su segunda esposa no tuvo hijos.

Una noche, habiendo de soportar meses de hambre y miseria, dijo atormentado a su mujer:

—¿Cómo nos las arreglaremos para alimentar a nuestros pobres hijos?

—Mira —dijo la mujer—mañana llevaremos a los niños al centro del bosque y les haremos sentar en la hierba hasta que hayamos concluido el trabajo del día; pero, como no volveremos a buscarlos, nos veremos libres de ellos.

—¡Jamás haré eso! ¡No tendría valor para dejar a mis hijos a merced de los osos y los lobos! —exclamó el pobre leñador transido de dolor.

—Que nos hagan entonces cuatro ataúdes, porque todos moriremos de hambre. Además, ¿quién sabe si en lugar de comidos por los lobos serán recogidos por personas caritativas?

Insistió tanto la mujer que acabó por convencer al buen hombre; mas como los niños estaban despiertos, atormentados por el hambre, oyeron la conversación de sus padres.

—¡Estamos perdidos! —dijo Gretel, la niña, llorando desconsolada.

—No te preocupes que tengo una idea —repuso el hermano.

Se levantó con cuidado, se vistió, abrió la puerta y salió sin hacer ruido. A la luz de la luna los guijarros brillaban como plata. Hansel se llenó de ellos los bolsillos y volvió marchando de puntillas. Entonces dijo a su hermanita:

—No tengas miedo ya, hermana, porque he encontrado lo que nos hacía falta.

Se consoló la niña, y los dos se durmieron.

Por la mañana la madrastra fue a despertarlos, y les dijo:

—¡Vamos, arriba, que iremos al bosque! Tomen cada uno un pedazo de pan; pero no lo coman de una vez, porque debe durarles todo el día.

Hansel, que tenía los bolsillos llenos de piedras, dio a su hermana el pedazo de pan para que se lo guardara, y se fue quedando atrás por el camino.

Su padre lo observó y le dijo:

—¿Qué tienes hoy, Hansel? ¿Tú, que siempre corres delante, vas arrastrando las piernas?

Hansel se disculpó hábilmente; pero se iba quedando atrás para ir dejando por el camino las piedrecillas blancas.

Cuando llegaron al centro del bosque, dijo la madrastra a los niños:

—Van a quedarse aquí a recoger leña; yo voy con su padre a derribar una encina que hay lejos de aquí. Volvermos en la noche para recogerlos.

Al quedarse los niños solos hicieron lo que se les encargó y, cuando se cansaron, se sentaron y empezaron a comer su pan.

Llegó la noche y sus padres no fueron a buscarlos.

Gretel empezó a sollozar y a lamentarse, y al menor ruido le parecía que se acercaba el lobo.

—¡Cálmate, Gretel! —le dijo Hansel—. Cuando aparezca la luna nos marcharemos.

Efectivamente, cuando salió la luna cogió a su hermana de la mano y después de buscar con atención halló los guijarros blancos que había dejado de trecho en trecho, y que lucían como moneditas nuevas. Siguiendo sus huellas llegaron a la casa, donde el padre al verlos lloró de alegría.

Les dijo que no había podido dormir en toda la noche pensando que las fieras hubieran podido devorarlos. La madrastra aparentó alegrarse por el retorno de los niños, pero en su interior estaba disgustadísima.

Al día siguiente un hombre caritativo les dio algún dinero de ayuda, pero pronto se gastó todo y la pobreza volvió a reinar en el hogar.

—Otra vez estamos amenazados de morir de hambre —dijo la mujer—. No hay más que dos panes en la casa y no queda un centavo para comprar más; es preciso deshacernos de los niños.

—¿Y no podríamos esperar a que los pobrecillos terminen sus panes?

—Tonto, cuando ya no tengan qué comer estarán tan débiles que ya no podrán caminar. ¿Cómo los llevaremos al bosque?

Los niños oyeron todo como la primera vez, y el mayor, levantándose, pensó buscar nue-

vos guijarros; pero la madrastra, maliciosa, había echado la llave a la puerta, por lo cual Hansel, decepcionado, tuvo que volver a acostarse.

—No me importa —dijo a Gretel—, tengo otra idea, y el buen Dios me ayudará. Dios me ayudará.

Cuando de madrugada se pusieron en camino al bosque, Hansel iba dejando migas de pan.

Una vez llegados al centro del bosque, la madrastra les hizo el mismo encargo que la vez anterior, y luego se llevó casi a la fuerza a su padre, el cual los abrazó varias veces antes de abandonarlos.

Después de haber cogido buena porción de leña, los niños se sentaron y Gretel compartió con su hermano un pedazo de pan.

Cuando llegó la noche y nadie apareció para llevarlos, Gretel tuvo otra vez miedo.

Apareció la luna y Hansel en vano se agachaba para encontrar las migajas de pan, pues los pájaros se las habían comido durante el día.

Sin embargo, los niños lograron descubrir un sendero, pero como no era el que buscaban se extraviaron.

Después de muchas horas de marcha, los hermanitos, ya extenuados, se sentaron en la hierba y se quedaron profundamente dormidos. Cuando despertaron aplacaron su apetito con algunas frutas silvestres que encontraron, y luego volvieron a buscar el camino de su casa. Al tercer día divisaron una casa... pero no era la suya: las paredes eran de turrón y las ventanas de azúcar. Hansel arrancó un pedazo y dijo:

—Toma, hermanita, como recompensa a las fatigas que acabas de sufrir.

De pronto se oyó una voz dentro de la casa, que decía:

—¿Quién mastica mi azúcar?

—Es el viento que azota los cristales —respondió rápidamente Hansel—, y arrancó un pedazo mayor que el primero, mientras hincaba el diente en un trozo de turrón que había sacado de la pared.

La puerta se abrió y apareció una vieja con una cara horrible. Los niños, asustados, dejaron caer el azúcar y el turrón, pero la vieja en vez de reñirlos sonrió y les dijo:

—En mi casa hay cosas muy buenas. Entren, hijos míos, que serán tratados como príncipes.

Tranquilizados los niños, no observaron los largos y puntiagudos dientes de la vieja, y entraron en la casa.

Comieron fruta, pasteles y riquísimos bombones, y después la vieja los llevó a una hermosa alcoba, donde había dos camitas muy limpias. Los niños se acostaron y se quedaron profundamente dormidos.

Pero la vieja era una bruja que había hecho su casa de turrón para atraer a los niños y devorarlos. La endiablada mujer reía y cantaba, relamiéndose con la idea de los sabrosos bocados que le esperaban.

Muy temprano entró a la alcoba y palpándolos encontró flacos a los niños. Cuando se despertaron condujo a Hansel al corral y con astucia lo metió en una jaula. Después, cambiando el tono, dijo a la pobre Gretel con voz chillona:

—Vamos, floja, a trabajar. Ve a la cocina y prepara el almuerzo, y cuando esté listo lleva un plato a tu hermano, porque quiero que engorde para comérmelo.

Gretel lloró a lágrima viva, y de rodillas pidió perdón para su hermano; mas la bruja la

amenazó con matarla y comérsela antes que a Hansel. Gretel tuvo que obedecer y, cuando estuvo el almuerzo, la vieja llevó en persona la comida a Hansel, quien a pesar de todo conservaba la calma.

Y así seguía tratando de que engordara el niño; pero cada vez que la vieja le ordenaba que sacara un dedo a través de los barrotes de la jaula, el muchacho presentaba un hueso de pollo pelado.

—¡Caramba! —decía la bruja—. ¡Qué raro, comiendo cosas tan buenas, no le aprovechan y sigue delgado!

Al cabo de un mes de esperar dijo a la niña:

—Mañana es mi cumpleaños y quiero regalarme con un buen asado.

Mataré a tu hermano, esté gordo o flaco, y como también necesito pan tierno, calienta el horno y prepara la masa.

Gretel, con el corazón oprimido por la angustia, se decía: "¡Hubiera sido preferible que nos hubieran devorado las fieras, antes de verme obligada a ayudar a esta fea bruja y preparar la muerte de mi hermano".

Cuando encendió el fuego, llegó la vieja y abrió la puerta del horno.

—No sé si está a punto —dijo—, entra tú en el horno y dime si está caliente.

Se le acababa de ocurrir la idea de que la carne de la niña asada sería un bocado exquisito. Pero en las miradas feroces de la vieja la muchacha adivinó, sus pensamientos, y por eso contestó:

—¿Y cómo voy a subirme yo a la boca de horno siendo tan bajita?

—¡Tonta y más que tonta! —gruñó la vieja—, voy a enseñarte.

Y subiéndose a una silla se encaramó en la boca del horno.

—¿Lo ves? —dijo, y se preparó para bajar.

Mas Gretel, haciendo un esfuerzo desesperado, empujó a la vieja dentro del horno, cerró la puerta y echó el cerrojo.

La bruja empezó a dar gritos y suplicó a Gretel que abriera, ofreciéndole a cambio, además de perdonar a Hansel, una multitud de tesoros. La niña no le hizo caso, se fue al corral y liberó a su hermanito, llorando de alegría.

La vieja murió quemada, y los niños, al recorrer la casa, encontraron en ella una fabulosa fortuna en piedras preciosas y dinero. Finalmente, cogieron un gran cesto lleno de provisiones y se pusieron en camino para encontrar su casa.

Al día siguiente, al salir del bosque, encontraron un río que les cortó el paso. No había ni puente ni barca para atravesarlo. Pero por la orilla nadaba majestuoso un hermoso cisne.

—¡Precioso animal! —dijo Gretel con dulce voz—, ¿podrías hacernos el favor de llevarnos a la otra orilla?

El cisne se acercó, la niña montó sobre él y pasó al otro lado. Luego volvió por Hansel.

Después de caminar largo trecho encontraron a unas personas de buen corazón, que los pusieron en camino a casa.

Al llegar encontraron a su padre en la puerta, completamente triste, llorando la pérdida de sus hijos, y maldiciéndose por haber escuchado los malos consejos de su mujer. Ésta había muerto, al romperse la cabeza y siete costillas cuando bajaba de un árbol.

Hansel, Gretel y su padre se unieron en profundo y largo abrazo, que quería ser eterno.

Los niños entregaron a su padre las riquezas que habían traído y vivieron cómodamente largos años.

El nabo

Hubo una vez dos hermanos que habían cumplido su servicio como soldados. El primero llegó a ser tan rico como un maharajá, mientras que el segundo quedó más pobre que las ratas. El pobre tuvo que convertirse en labrador. Limpió su terreno, lo cavó y lo sembró con semillas de nabo.

Pronto las semillas germinaron y creció del suelo un nabo que fue desarrollándose hasta alcanzar un tamaño descomunal. Cuando lo sacaron, era tan enorme que él solo llenaba una carreta y se necesitaron dos bueyes para poder tirar de ella.

El apenado hombre no sabía qué hacer con el nabo, hasta que pensó que si lo vendía no le darían gran cosa por él, y si se lo comía tendría igual sabor que los nabos corrientes.

Entonces decidió llevárselo al rey.

Puso el gigantesco nabo en una carreta tirada por cuatro bueyes y emprendió el camino hacia el palacio real. El rey lo recibió muy amablemente y quedó asombrado al ver nabo tan enorme.

—¡Confieso que jamás en mi vida he visto nada parecido! —dijo el soberano—. ¿De qué especie de simiente has obtenido este fruto? ¿O acaso eres un mago?

—¡Oh, no, majestad, no! —explicó el labrador—. Sólo soy un pobre soldado que, por no tener medios para vivir, ha tenido que dejar el uniforme y se ha metido a agricultor. Tengo un hermano que es rico y bien conocido de vuestra majestad. Pero yo, como no poseo nada, he sido olvidado.

—¡Da por terminada tu pobreza desde hoy! —exclamó el rey—. Te daré tantas riquezas

que no tendrás que envidiar nada de tu hermano.

Y diciendo y haciendo, hizo entregar al soldado labrador tierras, caballos, bueyes, herramientas de labranza, rebaños de ovejas y un cofre que contenía monedas de oro.

Cuando el hermano rico oyó hablar de la inesperada fortuna de su pobre pariente, le invadió una envidia terrible, sobre todo al saber que la riqueza se debía a un miserable nabo grande con que había obsequiado al rey. Creyendo hacerlo mejor, llevó de obsequio al rey los mejores caballos de su cuadra, los mejores bueyes de su establo y las más preciosas joyas de sus cofres.

El monarca aceptó tolerante los valiosos regalos y, después de reflexionar un poco, le dijo que no encontraba nada más digno para corresponder su adhesión a su real persona, que regalarle el nabo gigante, que era una fortuna, dada su rareza.

Y así, el rico se vio obligado a cargar el nabo en su carroza y a llevárselo a su palacio. Cuando llegó, subió a su habitación y dio rienda suelta a su rabia. Y después de que terminó su rabieta, decidió matar a su hermano. Con este fin ofreció una fortuna a unos malhechores y, yendo con ellos a casa de su hermano, le dijo:

—¡Mira, hermano: acabo de enterarme del lugar donde se encuentra enterrado un tesoro! Si vienes conmigo, nos lo repartiremos.

El buen hermano lo creyó sincero y siguió al perverso. No habían caminado cien pasos, cuando los asesinos cayeron sobre él y se dispusieron a colgarlo de un árbol. Pero cuando iban a realizar su criminal intento,

se oyeron voces a lo lejos. Los malandrines metieron apresuradamente al pobre hombre dentro de un costal, lo colgaron de una rama y lo dejaron allí abandonado.

El soldado empezó a revolverse dentro del costal, hasta que logró hacer un agujero por el cual sacó la cabeza. Vio entonces que se acercaba un estudiante.

—¿Cómo estás, estudiante?

El estudiante miró hacia arriba y quedó asombrado al ver moverse el costal y la cabeza humana que salía de él. Entonces, preguntó:

—¿Cómo es que estás ahí?

—Porque he querido ser sabio. ¡Éste es el saco de la sabiduría! No llevo más que unos minutos metido en él y ya sé todo lo que se puede saber. ¡Este saco hace inútiles las escuelas y los profesores! ¡Dentro de cinco minutos bajaré y asombraré a mis semejantes con mi inagotable sabiduría! Si tú deseas ocupar mi lugar unos minutos, te darás cuenta de la bondad de mi costal.

El estudiante exclamó:

—¡Bendita sea la hora en que te he encontrado! ¿Me permitirás que me meta un ratito en tu costal maravilloso?

—¡Bájame y te daré gusto! —exclamó el soldado.

El estudiante bajó el costal, lo abrió y sacó al soldado. Luego se metió dentro y le dijo:

—¡Súbeme ahora!

—¿Cómo te encuentras, camarada? ¿Has aprendido ya que la sabiduría es fruto de la experiencia? ¡Quédate ahí hasta que aprendas a ser cauto! —exclamó el soldado.

Luego montó en el caballo del estudiante y se alejó silbando. Al cabo de una hora, un joven enviado por el soldado puso en libertad al ingenuo estudiante.

Desde ese momento aprendió muchas cosas y, entre ellas, que en todo momento debe privar el sentido común.

Los músicos ambulantes

Un hombre tenía un viejo asno que desde años atrás había trabajado mucho, pero sus fuerzas empezaban a flaquear. El borrico advirtió que su amo no seguiría dándole sustento, así que decidió irse y comenzar una nueva vida.

Por el camino se encontró con un perro de caza que estaba medio adormilado en un rincón y que le miraba con gesto melancólico.

—¿Qué te pasa?

—¡Ay! —se lamentó el perro—. Como soy viejo y he perdido el olfato, mi amo quiere matarme, por inútil. Por eso me he escapado de mi querido hogar.

—Yo voy a la ciudad —dijo el asno—; quiero ser músico. Vente conmigo y formaremos un estupendo dúo y nos haremos famosos.

El perro aceptó y se marcharon juntos. Poco después se encontraron con un gato que parecía triste y angustiado.

—¿Se puede saber qué te aflige, viejo minino? —le preguntaron.

—¡Oh! —suspiró el gato—.

Como me siento cansado y me gusta más estar tranquilo junto a la estufa, que perseguir a los ratones, mi ama me ha echado de la casa.

—Vente con nosotros —le consoló el burro—.

Queremos formar una orquesta y necesitamos tu colaboración.

Partieron juntos. Por el camino pasaron por delante de una granja en la que había un gallo quiquiriqueando con todas sus fuerzas.

—¡Pero bueno! ¿Por qué gritas tanto? —preguntó el asno.

—He oído a mi dueña decir a la cocinera que me vaya cebando para la Navidad ¡Pueden creerlo! Por eso, mientras viva, lamentaré mi triste destino.

—No te resignes con tu desdichada suerte. Únete a nosotros. Tienes muy buena voz y nuestra orquesta te necesita —le animó el burro.

Y siguieron su camino los cuatro músicos. Como estaba oscureciendo, se adentraron en un bosque para pasar en él la noche. Pero a lo lejos vieron una luz que parecía de una casa.

—Podríamos ir allá, aquí hace mucho frío —sugirió el borrico.

Al cabo de un rato llegaron a una vieja mansión. El asno se asomó a la ventana y susurró a los demás:

—En la mesa hay un banquete de primera y unos ladrones se están poniendo las botas.

—Pues yo estoy hambriento —dijo el perro, y los demás asintieron.

Se pusieron a pensar un plan.

El asno puso las patas delanteras en la ventana, el perro se subió a su lomo, el gato trepó al lomo del perro y el gallo se situó sobre la cabeza del gato. Y entonces, de pronto, entonaron su caótica melodía: rebuznos, ladridos, maullidos y quiquiriqueos entremezclados, que semejaban el alarido de una legión de brujas enfadadas. Inmediatamente invadieron la habitación con el mayor alboroto que se pueda imaginar. Los ladrones huyeron del caserón como almas en pena, sobrecogidos de terror.

Los cuatro músicos dieron buena cuenta del banquete y después de brindar por el éxito de la compañía, se echaron a dormir plácidamente.

Cuando los ladrones vieron desde lejos que ya no había luz ni jaleo en la casa, dijo el jefe de la banda:

—No debimos irnos. Tú —añadió señalando a uno de sus secuaces—, ve a ver quién es el que esta ahí adentro.

El bribón halló todo en silencio. Entró a oscuras y quiso encender un cerillo. Entonces el gato le arañó la cara y el ladrón echó a correr. Pero el perro, que tropezó con él, le mordió en la pierna. Y cuando huía hacia el pajar, el burro le propinó una impresionante coz en la espalda. Y el gallo, enfadado porque habían interrumpido su sueño, le picoteó la oreja gritando su "quiquiriquí". Una vez a salvo, el maltrecho ladrón contó así a su jefe la trágica aventura:

—En la casa hay una bruja que me ha arañado con sus uñas, y en la puerta, un hombre me ha clavado un cuchillo en la pierna. Cuando escapaba, un gigante me ha sacudido un garrotazo en la espalda. Además, se oía la voz del juez que gritaba: "Traíganlo aquí" y me tiraba de las orejas. He escapado de milagro.

Y toda la banda se alejó de allí temblando de miedo.

Los músicos decidieron quedarse en la mansión abandonada, y allí vivieron y cantaron juntos durante muchos años.

La dama y el león

Hubo una vez un mercader que debía emprender un largo viaje. Antes de partir preguntó a cada una de sus tres hijas qué regalo querían que les llevara. La mayor pidió perlas; la segunda, diamantes; pero la tercera respondió:

—Padre mío, yo sólo pido que me traigas una rosa.

El padre besó a sus hijas y tras prometerles cumplir sus deseos, se marchó. Poco después compró extrañas perlas y refulgentes diamantes; pero por mucho que buscó por todas partes, no pudo conseguir una rosa, pues era invierno y en esta estación no florecen los rosales.

Ya emprendía el camino de vuelta a su casa pero iba pensando qué podría llevar a su hija menor, cuando llegó a un hermoso castillo rodeado de un bello jardín. Allí había lindas rosas y otras flores todas muy hermosas, como cuando florecen en plena primavera.

Ordenó a su criado que le trajera un ramillete de rosas. Lo hizo así el sirviente y ya se disponía a proseguir su camino, cuando les salió al paso un fiero león, que les rugió:

—¡Morirá devorado por mí el que se ha atrevido a cortar mis rosas!

El comerciante le preguntó si no había algún medio para conservar la vida. El león le contestó que sí lo había, y que consistía en que le entregara lo primero que le saliera al encuentro al volver a casa.

El comerciante pensó que quien le saldría al encuentro al llegar a casa sería su hija menor, de modo que se mostró poco dispuesto a prometerle aquello al león. Pero el criado le dijo que probablemente le saldría al encuentro un gato o un perro suyo. Ante este consejo, el comerciante aceptó y tomó las rosas con un gran pesar en el corazón.

Cuando ya se hallaba cerca de su casa, su hija menor salió corriendo a recibirlo. Lo abrazó y lo besó con grandes muestras de júbilo; pero el padre contempló a su hija y se echó a llorar desconsoladamente.

—¡Ay, hijita mía! —exclamó—. Estas rosas me salen demasiado caras, pues he prometido entregarte a un león salvaje, que seguramente te devorará.

Y contó a su hija todo lo sucedido. La niña le dijo:

—Papá, debes cumplir lo que has prometido. Iré a ver al león e intentaré convencerlo para que me deje regresar a casa sana y salva.

A la mañana siguiente preguntó a su padre el camino que debía seguir para llegar hasta el castillo. Luego se despidió de él y de sus hermanas, y emprendió la marcha.

Ahora bien, el león era un príncipe encantado. Por el día, él y su corte eran leones, pero al llegar la noche recobraban su forma natural. Como la joven llegó de noche al castillo, fue recibida con grandes muestras de gentileza y cariño por parte del príncipe. Y como los dos se enamoraron a primera vista, a los pocos días se casaron.

Vivieron felices durante algún tiempo, hasta que un día la esposa dijo cariñosamente a su marido:

—Mañana se casará mi hermana mayor y debemos asistir a la boda.

—Puedes ir acompañada de mis leones —dijo apesadumbrado el príncipe—, pues bien sabes que yo no puedo ir.

La princesa fue recibida con júbilo por su padre y sus hermanas, pues la creían muerta, devorada por el león de las rosas. Cuando terminaron las fiestas nupciales, regresó a su castillo, siempre acompañada de sus leones.

Poco tiempo después fue invitada a los esponsales de su segunda hermana. Entonces dijo al príncipe:

—Esta vez vendrás tú conmigo.

El príncipe le contestó que sería peligroso para él, pues si le daba la luz del sol, sería convertido en paloma y así tendría que permanecer siete años errante por el mundo. Como ella insistió prometiendo que tendría mucho cuidado de que no le diera la luz del sol, el príncipe terminó aceptando.

En la casa de su suegro, el príncipe escogió una gran habitación de gruesos muros, con el fin de estar en ella mientras durara la ceremonia. Por desgracia, nadie se fijó en que había una grieta en una de las paredes, y cuando el cortejo nupcial regresaba del templo, un rayo de sol dio de lleno en el rostro del príncipe. Al instante desapareció, y cuando entró su esposa, lo halló convertido en una blanca paloma. Ésta le dijo tristemente:

—Siete largos años tengo que volar de aquí para allá, pero de vez en cuando dejaré caer una pluma blanca para indicarte el camino que sigo. Si tú sales en la dirección que las plumas te indiquen, tal vez puedas liberarme.

Cuando terminó de hablar, salió volando por la puerta. La princesa le siguió sin vacilar, guiada por la pluma blanca que de vez en cuando hacía caer la paloma.

Pero un triste día dejó de ver la pluma blanca, pues la paloma había desaparecido. La princesa elevó los ojos al cielo y se dirigió suplicante al sol:

—Tú que brillas sobre las cimas de las montañas, ¿no has visto por ningún sitio una palomita blanca?

—No la he visto, princesa —respondió el sol—, pero aquí tienes una cajita, que sólo debes abrir cuando lo necesites de verdad.

Al llegar la noche repitió la misma pregunta a la luna, negando ésta haber visto a la palomita. La luna le regaló un huevo, que debería abrir sólo cuando se hallara en algún apuro.

Luego preguntó a los vientos y sólo el viento del sur le dio una respuesta concreta:

—Sí, vi a la palomita blanca volando sobre el mar Rojo, pero de pronto se transformó en león porque ya transcurrieron los siete años del encantamiento. Cuando se convirtió en león, fue atacado por un dragón, que es una princesa encantada que puede separarlo de ti. Lleva la cajita que te regaló el sol y el huevo que te dio la luna, y esos objetos te servirán para salvar a tu marido y traértelo ya en forma humana.

La princesa se marchó hasta el mar Rojo, y una vez en el sitio donde seguían luchando el león y el dragón, sacó su cajita y formuló este deseo: que su esposo venciera al dragón y recobrará la forma natural. Inmediata-

mente se realizó el prodigio, pues el león venció al dragón, matándolo de un zarpazo, y acto seguido el príncipe recobró su forma humana. Pero ¡oh, desgracia!, también el dragón muerto se transformó en una joven y hermosa princesa, que se acercó al príncipe y lo abrazó, y al momento el joven perdió la memoria.

Como el príncipe ya no se acordaba de su bella esposa y se disponía a irse con la otra princesa desencantada, la primera echó mano al huevo y lo partió formulando el fervoroso deseo de que su esposo recobrara la memoria y regresara con ella a su hogar.

Inmediatamente se realizó el milagro pedido por la afligida esposa, pues el príncipe recuperó su memoria, dejó a la coqueta princesa y se echó en los brazos de su dulce mujer.

Aquella misma noche volvieron a palacio, donde encontraron a su hijito convertido en un apuesto joven. Y durante muchos años vivieron los tres muy, muy felices.

Un Ojito, Dos Ojitos, Tres Ojitos

Había una viuda que tenía tres hijas, la mayor de las cuales se llamaba Un Ojito, porque sólo tenía un ojo en medio de la frente; la segunda, Dos Ojitos, porque tenía dos ojos, como todo el mundo; y la menor, Tres Ojitos porque tenía tres: dos ojos en su sitio y el tercero en medio de la frente. Como Dos Ojitos era como las demás perso-

nas, su madre y sus hermanas no podían soportarla, la trataban de mala manera, le ponían vestidos andrajosos y le daban de comer las sobras de la mesa.

Cierto día se le presentó un hada a Dos Ojitos y le preguntó:

—¿Por qué lloras, Dos Ojitos?

—¿Cómo no voy a llorar? —respondió la chica—. Por tener dos ojos mis hermanas y mi madre me martirizan, me dan vestidos viejos y no me dan otra cosa que sobras de sus comidas.

—Vamos, Dos Ojitos —dijo el hada—. Sécate las lágrimas y te diré lo que tienes que hacer. Basta con que le digas a la cabrita que cuidas: "Cabrita, bala; mesita, ponte", para que al momento aparezca ante ti una mesa bien servida. Luego, cuando hayas satisfecho tu hambre, dirás: "Cabrita, bala; mesita levántante", y la mesita desaparecerá.

Dicho esto, el hada se desvaneció. Sin pérdida de tiempo, Dos Ojitos, que ya no podía resistir más el hambre, pronunció las palabras mágicas, y al instante apareció ante

ella una mesita servida. Dos Ojitos se puso a comer, hasta quedar satisfecha. Luego dijo las palabras complementarias y la mesita desapareció.

Cuando volvió por la noche a casa con su cabrita se encontró con un cuenco de barro en el que estaban las sobras que le habían dejado sus hermanas; pero ni siquiera lo tocó. Al día siguiente volvió a salir como de costumbre, y no comió tampoco las sobras de las comidas. Esta vez, sus hermanas notaron que Dos Ojitos no tocaba los alimentos y se dijeron: "Aquí pasa algo. Seguramente Dos Ojitos come en otra parte y será necesario vigilarla". Al día siguiente Un Ojito se fue con Dos Ojitos y con la cabrita a la pradera; pero ésta se dio cuenta de las intenciones de aquélla, y al llegar adonde acostumbraba descansar le dijo: "Ven, siéntate a mi lado, Un Ojito, que te voy a cantar una canción". Un Ojito, que se hallaba rendida por el largo paseo, se sentó, y entonces Dos Ojitos se puso

a cantarle. Un Ojito se quedó dormida y, entonces, pronunciando las palabras mágicas, se sentó a la mesita, y comió y bebió hasta quedar saciada. Una vez desaparecida la mesita, Dos Ojitos despertó a su hermanita, y le dijo: "Vaya, Un Ojito, te has quedado profundamente dormida. Volvamos a casa, que se ha hecho muy tarde".

Cuando estuvieron de vuelta, Dos Ojitos dejó de nuevo sin tocar las sobras que había en su cuenco de barro. Un Ojito no pudo explicar a qué se debía aquello, pues había estado dormida mientras Dos Ojitos comía en la pradera, y su madre y su hermana la regañaron duramente.

Al otro día, la madre dijo a Tres Ojitos: "Hoy irás tú; y vigila bien, pues no dudo de que esté comiendo en alguna otra parte".

Fueron las dos niñas con la cabrita y, al llegar a la pradera, Dos Ojitos le dijo a su hermanita: "Siéntate aquí a mi lado, Tres Ojitos, que te voy a cantar una canción".

Tres Ojitos se sentó y Dos Ojitos le cantó como a Un Ojito. Pero en vez de decir. "Ya te duermes, Tres Ojitos", se equivocó y dijo: "Ya te duermes, Dos Ojitos", con lo que sólo dos de los tres ojos de su hermana se cerraron,

permaneciendo despierto el que tenía en medio de la frente. Sin embargo, Tres Ojitos lo cerró también, haciendo creer a su hermana que estaba dormida del todo. De esta forma Tres Ojitos pudo descubrir lo de la mesita mágica.

Cuando volvieron a casa, Dos Ojitos ni miró siquiera las sobras del cuenco de barro. Entonces, Tres Ojitos le dijo a su madre: "Ya sé por qué esta orgullosa no quiere comer". Cuando está en el prado le dice a la cabrita: "Cabrita, bala; mesita, ponte", y enseguida aparece una mesita bien servida; y cuando ha terminado de comer, dice: "Cabrita, bala; mesita, levántate, y la mesita desaparece". La madre, entonces, tomando un cuchillo, atravesó el corazón de la cabrita, que cayó muerta sin poder decir siquiera "bee".

Dos Ojitos se apenó con la muerte de la cabrita y se puso a llorar. El hada volvió a aparecer y le preguntó: "¿Por qué lloras, Dos Ojitos?"

“¿Cómo no he de llorar, respondió la niña, si mi madre mató a la cabrita, y ahora tengo que sufrir hambre y sed?”

—Saca el corazón de la cabrita, entiérralo ante la puerta de la casa, y ya verás cómo te trae suerte.

Desapareció el hada y Dos Ojitos regresó corriendo a casa, y sacó el corazón de la cabrita y lo enterró delante de la puerta. A la mañana siguiente todos quedaron atónitos al ver delante de la casa un árbol maravilloso, con hojas de plata y frutos de oro.

La madre le dijo a Un Ojito que subiera al árbol y se apoderara de algunos frutos; pero la rama se le escapó de las manos, disparándole como una flecha. Entonces la madre le indicó a Tres Ojitos que intentara ella, y a ésta le sucedió lo mismo, no teniendo más remedio que bajarse frustrada. Entonces, Dos Ojitos dijo tímidamente: “Si me dejas probar a mí, quizá pueda conseguirlo". Insistió tanto que no tuvieron más remedio que dejarla subir. Entonces vieron con sorpresa que las manzanas se dejaron caer por sí solas en manos de Dos Ojitos, y a los pocos instantes ésta tuvo su delantal lleno de frutos.

Cierto día se acercó a la casa un caballero montado en brioso caballo blanco. El caballero se detuvo a admirar el árbol maravilloso.

—¿A quién pertenece este árbol tan precioso? Daría cuanto me pidieran por una ramita de él —dijo el caballero.

Un Ojito y Tres Ojitos, por más que se esforzaron, no pudieron atender la petición del caballero, porque las ramas se les escapaban de las manos.

—¡Esto sí que es estupendo! —comentó el caballero—. El árbol les pertenece y no pueden coger nada de él.

Dos Ojitos se ofreció a complacer al caballero y, en efecto, sacó una ramita cargada con frutos de oro.

—Muchas gracias —dijo el hombre—. Dime qué es lo que quieres a cambio.

—¡Oh! —respondió Dos Ojitos—. Padezco de hambre y de sed, de pena y de ansiedad desde que nace el día hasta que muere el sol. Lo que más te agradecería es que me libres de esta terrible situación. Sólo así podría ser feliz.

El caballero subió a Dos Ojitos a la grupa de su corcel, y la llevó al castillo de su padre, el rey. Éste dio órdenes para que entregaran a la joven regios vestidos y toda la comida y bebida que quisiera. Al poco tiempo, como el joven caballero se había prendado de ella, ambos se casaron, organizándose grandes y alegres festejos para celebrar el acontecimiento.

Dos Ojitos vivía feliz y en paz, hasta que llegaron cierto día al castillo dos pobres mujeres pidiendo limosna. Dos Ojitos las reconoció al instante: eran sus hermanas, las cuales, a la muerte de su madre, habían caído en tal estado de miseria que tuvieron que pedir la caridad pública.

Dos Ojitos, al ver el arrepentimiento de sus hermanas, las perdonó y las acogió en el castillo, donde todos vivieron muy felices y en plena armonía.

El espíritu de la botella

En un lejano país de Oriente vivía un hombre pobre con su único hijo, al que sostenía cortando leña en el bosque. Una vieja hacha era el instrumento de trabajo con el que el leñador se ganaba el pan de cada día.

Como el hombre amaba a su hijo y aspiraba a hacer de él un hombre de bien, decidió emplear todos sus ahorros en su educación. Un buen día llamó a su hijo y le dijo:

—Como no quiero que lleves una vida tan penosa como la mía, he decidido emplear todos mis ahorros de muchos años en educarte. Así podrás ser mejor que yo y, además, podrás sostenerme cuando sea viejo.

El hijo del leñador ingresó en un colegio, donde, desde el principio, conquistó las simpatías y aprecio de sus maestros y compañeros, pues era aplicado y cumplidor de sus tareas escolares. Además, todo el año conseguía altas calificaciones, por lo que obtenía siempre premios y distinciones. Todo iba bien, y hubiera ido mejor, de no acabársele el dinero a su padre. El joven, entonces, tuvo que retornar con pena a su pueblo, sin haber podido culminar sus estudios.

Pero, como era valiente y trabajador, no se desanimó y un buen día dijo a su padre:

—Trabajaré contigo en el bosque talando árboles.

El padre quiso oponerse a esta determinación; pero el chico, como era obstinado y

decidido, pidió prestada un hacha vieja a su vecino y se fue con ella a derribar árboles al bosque.

Un día, después de comer, se fue a pasear al río. Allí se sentó al pie de un árbol centenario, donde comenzó a pensar en cómo mejorar su destino y proseguir los estudios que había tenido que interrumpir. Cuando se hallaba absorto en sus meditaciones, oyó una voz ahogada que gritaba:

—¡Por favor, sácame de aquí!

El chico miró a los cuatro lados y no logró ver a nadie que hubiera proferido ese grito de angustia. Se puso de pie y ya iba a dirigirse a la orilla del río, creyendo que tal vez alguien se estaba ahogando, cuando se dio cuenta de que a sus pies había una botella, dentro de la cual se agitaba algo, que era lo que gritaba.

Levantó la botella y vio que contenía un sapo que arañaba la superficie interior del recipiente tratando de salir. Quitó el tapón, y el sapo al salir creció tanto que llegó a la altura de la vieja encina a cuyo pie se encontraba.

—¡Te mataré! —gritó el espíritu con voz de trueno—. Así lo he jurado durante los mil años que ha durado mi encierro dentro de la botella.

El muchacho, que era decidido, le dijo con tranquilidad:

—Despacito, gigantón. Ni siquiera sé yo si tú eres el mismo que ha estado encerrado en la botella. ¡Eres tan grande y la botella tan pequeña!

—¿No lo crees? —gritó el espíritu—. Mi poder es ilimitado y ahora verás.

Y, volviendo a reducir su tamaño, se metió de nuevo en la botella. Tan pronto como estuvo dentro, el muchacho puso el tapón al frasco y lo tiró donde había estado antes.

El espíritu, viendo que el joven se disponía a marcharse, sin dirigirle siquiera ni una mirada, le gritó:

—¡Sácame de aquí y te colmaré de riquezas y bienes!

Y como el joven poseía un buen corazón, sacó el tapón y dejó salir nuevamente al espíritu. Éste, entregándole una piedra blanca, le dijo:

—Pues éste es mi obsequio: cualquier metal que toques con esta piedra, se convertirá de inmediato en oro. Y si tocas una herida, sanará instantáneamente.

Dicho esto, el espíritu se esfumó.

El joven, para comprobar si era cierta la virtud de la piedra, tocó con ella la vieja hacha de hierro que le había prestado su vecino, y vio asombrado, que se había convertido en una reluciente hacha de oro. "Con esta hacha podré derribar mejor los árboles", pensó, y poniendo su pensamiento en acción, se puso a cortar un viejo tronco. Efectivamente, el tronco fue derribado con mayor facilidad;

pero el filo del hacha quedó estropeado. Preocupado por esto, regresó a donde se encontraba su padre y le contó todo lo que había pasado.

El joven quiso entregar el hacha a su vecino, pensando recompensarlo de esta manera; pero su padre le aconsejó que mejor era venderla a un joyero y comprar con el dinero un hacha de acero, con la que el vecino quedaría contento.

Fueron a visitar a un joyero de la ciudad, quien les dio tanto dinero por el hacha de oro que no solamente pudieron comprar un hacha, sino que adquirieron muchas para alternarlas en el trabajo, sobrándoles todavía tal cantidad de monedas que con ellas el joven pudo terminar sus estudios, y luego graduarse como médico.

Pero no debemos creer que el joven siguió tocando con la piedra objetos de metal para convertirlos en oro. Al contrario, no quiso aprovecharse de esta virtud, sino que, como era médico, sólo tocaba con la piedra las heridas de sus pacientes, y como las llagas

se cerraban de inmediato, llegó a ser un médico famoso. De esta manera utilizó el poder de la piedra en bien de la humanidad.

Elisa la lista

Érase una vez un hombre que tenía una hija a la que llamaban Elisa la lista. La niña creció y cuando fue mayor, su padre le dijo:

—Tendrás que casarte.

—Sí... —añadió la madre—. ¡Con tal de que encontremos a alguien que la quiera por esposa!

Se presentó por aquellos días un forastero, llamado Juan, que pidió su mano, poniendo por condición que la chica fuera juiciosa.

—Ya lo creo —exclamó el padre—. Tiene una cabeza asentada como pocas.

Después, se encontraban todos en sobremesa y la madre dirigiéndose a su hija dijo:

—Elisa, baja a la bodega y trae cerveza.

La lista Elisa tomó la jarra del estante y se dirigió a la bodega. Al llegar abajo cogió una sillita y la situó delante del barril para no tener que agacharse. Colocó luego el jarro en su sitio, abrió la espita del barril y, para no tener los ojos ociosos mientras salía la cerveza, los dirigió a lo alto y descubrió que justo encima del tonel los albañiles habían dejado una piqueta por descuido. Elisa se echó a llorar, temiendo que algún día a un hijo suyo y de Juan se le pudiera caer la piqueta en la cabeza. Y así, llora que te llora, sin moverse de su asiento, pensaba con todo desconsuelo en aquella desgracia.

Arriba esperaban la bebida y, viendo que Elisa no regresaba, bajó a buscarla una criada.

La muchacha encontró a Elisa sentada delante del barril, hecha un mar de lágrimas.

—¿Por qué lloras, Elisa? —le preguntó.

—¡Cómo no voy a llorar! Si me caso con Juan y tenemos un hijo, y llega a mayor, y lo enviamos a buscar cerveza a la bodega, puede caérsele esa piqueta en la cabeza y matarlo.

—¡Vaya Elisa tan lista que tenemos! ¡Yo no lo hubiera pensado! —comentó la moza mientras se ponía a llorar con ella.

Pasó un rato, y como ninguna de las dos volvía y los comensales tenían sed, dijo el padre a su esposa:

—Ve abajo a la bodega a ver qué hacen esas dos mujeres.

Bajó la esposa y las encontró llorando. Elisa le contó el motivo de su llanto y la madre exclamó:

—¡Vaya Elisa tan lista que tenemos! Tras lo cual se sentó con ellas y se puso a llorar.

Arriba habían quedado los hombres solos y apretaba la sed.

—Tendré que bajar yo mismo —dijo el padre.

Cuando bajó y las encontró a todas llorando, le preguntó a Elisa el motivo de su llanto y ella le explicó el peligro de la piqueta para el hijo que había de tener, y el hombre también se puso a sollozar diciendo.

—¡Vaya Elisa tan lista que tenemos!

El novio continuó solo arriba, esperando. Al fin después de un rato pensó que tendría que bajar a ver qué pasaba. Una vez en la bodega, encontró a los cuatro llorando amargamente.

—¿Qué ha ocurrido aquí? —preguntó.

Elisa le dijo:

—¡Mi querido Juan! Figúrate que nos casamos y tenemos un hijo y que cuando ya sea

mayor se nos ocurre enviarlo aquí por cerveza. Imagínate que cae aquella piqueta y le da en la cabeza y le deja muerto. ¿No es motivo para llorar?

—¡Caramba! —exclamó Juan—. ¡Éste es el buen sentido que necesito en mi casa! Me casaré contigo en vista del talento que tienes.

Y tomándola de la mano la llevó arriba, y pocos días después se celebró la boda. Llevaban ya una temporada casados cuando cierto día dijo el marido:

—Mujer, me marchó a trabajar. Hay que ganar dinero para los dos. Ve tú al campo a segar para hacer pan.

—Sí, mi querido Juan; así lo haré.

Una vez que Juan se marchó, Elisa guisó unas buenas gachas y se las llevó al campo. Cuando llegó al lugar se dijo: "¿Qué haré primero, segar o comer? ¡Bah! ¡Primero comeré!". Tomó su buen plato de gachas y cuando ya no tuvo hambre volvió a preguntarse: "¿Qué haré primero segar o echar una

siesta? ¡Bah! Primero dormiré". Y tendiéndose en medio del trigo se quedó dormida.

Juan hacía ya un buen rato que estaba de vuelta, y al ver que Elisa no regresaba, se encaminó al trigal para ver lo que había segado. Cuando vio que ni siquiera había tomado la hoz, pues dormía plácidamente, se fue a casa para traer una red de cazar pájaros, que tenía colgados muchos cascabeles, y luego la colocó alrededor del cuerpo de Elisa; pero ella siguió durmiendo. Regresó Juan a su casa, cerró la puerta y, sentándose en una silla, se puso a trabajar. Por fin, cuando ya era de noche, se despertó la lista Elisa, y al incorporarse sintió un cascabeleo a su alrededor, pues a cada movimiento que hacía sonaban las campanillas de la red. Se desconcertó hasta el punto de preguntarse a sí misma si ella era o no Elisa la Lista, por lo que decidió volver a casa y preguntarlo. Echó a correr hasta su hogar y encontró la puerta cerrada.

Llamó entonces a una ventana, gritando:

—Juan. ¿Está Elisa en casa?

—Sí —respondió Juan desde dentro.

Ella, asustada, exclamó:

—¡Dios mío, entonces no soy yo!

Y se fue a llamar a otra puerta. Pero las personas al escuchar aquel ruido de campanillas, se negaban a abrir, por lo que la pobre Elisa no encontró a nadie que la recibiera.

Elisa la lista huyó del pueblo y nadie ha vuelto a saber de ella desde entonces.

La luz azul

Al terminar una guerra, un soldado que había quedado herido por luchar y prestar sus servicios muchos años a su rey, acudió ante éste y le dijo:

—Deseo que su majestad me preste algún auxilio, pues no puedo trabajar debido a mis heridas.

—Ya que estás inválido, no me eres útil. Puedes volver a tu casa sin esperar ninguna *paga, yo sólo tengo dinero para los que me siguen sirviendo.*

Descorazonado, el pobre soldado emprendió camino de vuelta a su casa, donde estaba su familia sin ningún medio para subsistir.

Pero le sorprendió la noche en medio de un bosque y como no tenía dónde refugiarse, se puso a buscar albergue, hasta que divisó a lo lejos una luz y hacia ella se dirigió, llegando a una cabaña habitada por una bruja.

El soldado le pidió albergue por esa noche y algo de comer y beber. La vieja le dijo:

—¿Quién da algo a un soldado inútil? Sin embargo, te dejaré entrar por lástima, a condición de que hagas lo que te mande.

El soldado le preguntó qué era lo que deseaba y ella le indicó que cavara su huerto. El hombre aceptó y al día siguiente se puso a trabajar con todas sus fuerzas; pero, por más que se apuró, no pudo terminar su tarea al llegar la noche.

—No me importa —dijo la vieja—. Te daré asilo por otra noche y tú, a cambio, me has de traer mañana una carga de leña y la harás astillas.

Pero el soldado no pudo terminar su tarea, de modo que al llegar la noche la bruja le propuso que se quedara un día más.

—Ya que te quedas, necesito que me saques del pozo medio seco que está detrás de la casa, mi luz azul, que flota allí sin apagarse jamás.

A la mañana siguiente, la bruja le llevó al pozo y le hizo bajar metido en un cesto. Pronto encontró la luz azul y dio la señal a la vieja para que le subiera, pero en cuanto llegó al brocal, la bruja trató de quitarle la luz azul.

—¡Sólo le daré la luz azul cuando mis pies pisen tierra firme! —gritó indignado el soldado.

La bruja, llena de ira, soltó la soga y dejó caer al soldado al fondo del pozo. El hombre no se hizo daño porque cayó sobre el blando lodo. Luego rebuscó en sus bolsas y sacó su pipa, que estaba llena de tabaco a medio fumar. Encendió la pipa en la luz azul y empezó a echar bocanadas. Pero, ¡oh, pro-

digio!, en medio del humo apareció ante el soldado un duendecillo negro, preguntando:

—¿Qué ordenas, mi amo? Debes saber que tengo la obligación de hacer todo lo que desees.

—¡Ayúdame a salir de este pozo! —dijo el soldado.

El duende lo condujo por unas galerías subterráneas que iban a dar al campo; y por el trayecto le mostró el tesoro escondido por la bruja, del que nuestro héroe tomó todo lo que pudo. Una vez fuera, el soldado ordenó al duendecillo que fuera a buscar a la bruja y la llevará ante el juez. Instantes después se vio pasar a la bruja cabalgando sobre un enorme gato negro, seguida del duendecillo que la llevaba ante el juez. A los pocos minutos volvía éste con la noticia de que la vieja había sido condenada a la horca por intentar matar al soldado.

Al despedirse le dijo el duendecillo que cada vez que lo necesitara, no tenía más que encender su pipa en la lámpara azul.

El soldado regresó a la ciudad, se alojó en el mejor hotel. Encargó lujosos trajes y ordenó al hotelero que le amueblara la habitación lo más lujosa posible. En cuanto esto estuvo hecho, el soldado llamó al duende negro.

—Hay en esta ciudad —le dijo—un rey que tiene una hermosa hija. Tráemela esta noche para que me sirva de criada.

Al dar las doce de la noche el duende le trajo a la princesa. El soldado le dijo:

—Tu padre me trató con ingratitud. Ahora tú debes servirme. Toma la escoba y barre mi habitación.

La princesa hizo cuanto el soldado le ordenó que hiciera, pero lo hizo tan torpemente

que saltaba a las claras su linaje. Al primer canto del gallo, el duende la devolvió a su lecho del castillo real.

Al día siguiente, la princesa contó a su padre el curioso sueño que había tenido.

—El sueño puede haber sido realidad —dijo el rey—, y sigue este consejo: esta noche llénate el bolsillo de guisantes y haz un agujero en él para que, si vuelven a buscarte, se te vayan cayendo por el camino y dejes así un rastro.

Pero el duende oyó todo esto y por la noche sembró de guisantes todas las calles, de manera que se confundieran con los que arrojara la princesa. La pobre joven tuvo que volver a ejecutar los humillantes trabajos que el soldado le ordenaba, hasta el primer canto del gallo, hora en que el duende la volvió a su lecho.

A la mañana siguiente el rey envió a sus soldados a buscar la pista del recorrido de su hija; pero todo fue en vano, pues había huellas por toda la ciudad. Entonces el rey pensó en otro plan; ordenó a su hija que aquella noche durmiera con los zapatos puestos, y que dejara uno en la habitación donde la llevaban, que él lo haría buscar por la mañana. Pero el duende se enteró de esta estratagema y advirtió de ella al soldado. Éste no quiso escuchar consejos y le ordenó que le trajera de nuevo a la princesa, a quien obligó nuevamente a prestarle humillantes trabajos. Pero ésta arrojó uno de sus zapatos debajo de la cama del soldado.

Al día siguiente, el rey ordenó a sus soldados buscar por todas las casas el zapato de su hija, que fue hallado debajo del lecho del soldado hospedado, quien, no obstante, aunque había huido avisado por el duende, fue hecho preso. Desgraciadamente no llevaba consigo la lámpara azul ni el oro y se encontró con un solo ducado en el bolsillo. Pero acertó a pasar frente a la prisión un antiguo compañero de armas; lo llamó y encargó que fuera a su habitación del hotel y le trajera un paquete que había dejado sobre su velador. El hombre regresó con el paquete. Entonces nuestro hombre encendió su pipa y llamó al duende negro. Le dijo que al día siguiente sería ejecutado, a lo que el duende le replicó que no tuviera ningún miedo.

Cuando sacaban de la prisión al soldado para ejecutarlo, pidió éste al rey una gracia: que se le permitiera fumar su pipa antes de morir. Y esto le fue concedido. Entonces el soldado sacó su pipa y la encendió en su lámpara azul, apareciendo el duende negro armado de un grueso garrote.

—¿Qué ordenas, mi amo?

—Que muelas a palos al juez y a sus ayudantes, y no olvides al rey —contestó el soldado.

El duende inició la paliza y cada golpe derribaba a un hombre que ya no se volvía a levantar. El rey se espantó al ver esto y pidió

clemencia, pero el soldado le perdonó solamente a condición de entregarle a su hija como esposa, a lo que el desventurado rey tuvo que acceder. Y de esta manera quedó castigado el ingrato soberano y el soldado fue feliz, inmensamente feliz, con la hija del rey por esposa.

Caperucita Roja

En cierto pueblo, cercano a un tupido bosque, vivía una bellísima niña, tan linda que parecía un angelito. Su madre estaba tan contenta con los encantos de su hija que casi vivía loca de felicidad. Pero más contenta aún se mostraba su abuelita, que no hallaba la manera de demostrarle cuánto la quería. La tenía abrumada de regalos y fue precisamente su abuelita la que le hizo

un hermoso sombrerito color rojo. Desde entonces le llamaron Caperucita Roja.

Cierto día, al llegar a casa Caperucita Roja, después de haber jugado mucho con sus amiguitas, vio sobre la mesa unos sabrosos pasteles. Creyendo que eran para ella, preguntó a su madre si podía comerlos.

—Son para tu abuelita; la pobre está muy enferma —replicó su mamá—. Le llevarás esos pasteles y este tarrito de dulce.

—Sí, mamá, sí; tal vez con estos regalitos mi abuelita se pondrá mejor.

—Pues, entonces, prepáralo todo y llévaselo.

Caperucita metió en una cesta todo lo que su mamá le había dicho, le dio un beso y salió rumbo a la casa de la abuelita, que quedaba al otro lado del bosque.

Avanzaba Caperucita Roja cantando de alegría, cuando, al atravesar el bosque, se encontró con el lobo, que estaba más hambriento que nunca.

La pequeña era un exquisito bocado para sus afilados dientes. Pero, cuando abría ya su fea boca, divisó muy cerca de allí a unos leñadores. Se escondió cuanto pudo, y pasó cerca de la niña diciéndole con voz fingida:

—¡Qué bonita eres, niña! ¿Cuál es tu nombre?

—Me llaman Caperucita Roja.

—¡Ajá, ajá!... ¡Precioso nombre el tuyo!... ¿Y a dónde vas tan solita?

—Voy a visitar a mi abuelita. ¿Ves esta cesta? Pues dentro llevo pasteles y un tarrito de dulce que mi mamá me dio para ella.

La pequeña, como niña educada que era, contestaba con amabilidad al señor lobo, sin intuir el peligro que corría.

—¡Ajá, ajá!... ¿Así que tu abuelita está enferma? ¡Caramba! ¿Y está muy lejos de aquí la casa de tu abuelita?

—¡Mucho! —respondió Caperucita Roja—. Me falta aún la mitad del camino. ¿Ves ese molino allá lejos?

—¿En ese molino vive tu abuelita?

—En el molino, no; cerca de él, en la primera casa de la aldea.

Pensó un largo rato el señor lobo y, después de frotarse con las patas el hocico, que estaba humedecido de gusto, le dijo:

—¿Sabes lo que he pensado, Caperucita? Yo también quiero ir a visitar a tu abuelita.

—¿Tú conoces a mi abuelita?

—No; pero deseo conocerla.

—Bueno, entonces vamos los dos a ver a mi abuelita.

—¡Perfectamente! Iremos los dos, pero separados. Yo iré por el camino que cruza el bosque y tú por el que lo bardea, y de esta manera veremos quién llega primero a casa de tu abuelita.

Después de decir estas palabras, salió el señor lobo a todo correr. El muy listo había dejado a Caperucita el camino más largo para llegar antes que ella y esperarla.

El señor lobo necesitó poco tiempo para llegar a la casa en que vivía la abuelita de Caperucita Roja. Tocó a la puerta y desde dentro la abuelita enferma preguntó:

—¿Quién llama?

—Caperucita Roja —dijo el señor lobo cambiando la voz—; te traigo unos pasteles y un tarrito de dulce.

La anciana, creyendo que era su nieta, contestó:

—Entra, queridita; alza el pestillo y empuja un poco la puerta.

Así lo hizo el malvado, y apenas entró, se echó sobre la viejecita y se la comió de un bocado.

Poco después llegaba Caperucita Roja y al hallar cerrada la puerta la golpeó suavemente.

—¿Quién llama? —contestó con la voz ronca el señor lobo.

La niña se asustó al escuchar esa voz tan fea, pero se imaginó que su abuelita se encontraba resfriada.

—Soy Caperucita, tu nieta, que te trae unos pasteles y un tarrito de dulce —Dijo la pequeña—. ¡Pero qué ronca estás!

El lobo fingió entonces la voz:

—No hagas caso, pequeña; empuja la puerta y entra.

Caperucita entró confiada, al tiempo que el terrible animal escondía la cabeza bajo las sábanas.

—¿Cómo te sientes? —dijo la pequeña, acercándose a la cama.

—Estoy muy resfriada —respondió el señor lobo, dulcificando la voz—. Cierra bien la puerta, agregó después.

—¿Dónde pongo estas cosas que me dio mamá para ti?

—Ponlas encima de la mesa y ven a acostarte conmigo.

Caperucita se acostó. Ya en la cama, exclamó:

—¡Qué grandes tienes los brazos hoy, abuelita!

—Es para abrazarte mejor —respondió el señor lobo.

—¡Y qué grandes las piernas!

—Es para correr mejor, linda mía.

—Pero abuelita, ¡qué orejas tan grandes tienes!

—Son para oírte mejor, mi pequeña.

Se produjo un breve silencio. Al fin, Caperucita preguntó:

—Pero abuelita, ¿y esos enormes, enormes dientes que tienes?

—¡Son para comerte mejor!

Y el feroz animal se arrojó sobre la niña para devorarla.

Pero Caperucita muerta de miedo dio gritos fuertes, tan fuertes que fueron escuchados por unos leñadores que corrieron rápidamente a la casita, donde mataron al terrible lobo.

Desde ese día la linda Caperucita contaba a sus amiguitos lo que le había sucedido, y les aconsejaba con cuánto cuidado deben escoger a sus amistades, pues las malas compañías y los malos amigos suelen dar las desagradables sorpresas del malvado lobo.

El pozo mágico

Había una vez una madre viuda que vivía con sus dos hijas: Alda e Hilda. La primera era fea, desatenta y perezosa; mientras que la segunda era hermosa como un sol, atenta y laboriosa. La madre prefería a su primogénita, y señalaba para la pequeña las más pesadas tareas de casa.

Un día en que Hilda, ya cumplidas sus tareas, hilaba junto al pozo, se pinchó un dedo y manchó el huso de sangre. Quiso limpiarlo, y el huso escapó de sus manos cayendo al fondo del pozo. La niña lloró mucho, y al enterarse su madre de lo que había pasado, solamente se encogió de hombros diciéndole que debía encontrar la manera de sacar de allí el huso. Hilda trató de obedecerla, y al inclinarse sobre el brocal, resbaló y cayó al agua. Al llegar al fondo del pozo, se desmayó.

Cuando abrió los ojos, se halló en un lugar maravilloso. Vio cerca una preciosa casita de campo y rápidamente se dirigió a ella. Tocó varias veces y como nadie acudió a su llamada, abrió la puerta y vio que en el horno se cocían muchos panes, que gritaban:

—¡Ya estamos cocidos! ¡Sácanos de aquí!

Hilda libró a los panes de morir quemados, y siguió su camino, hasta que halló un manzano cargado de frutos, tan agobiado por el peso, que gritaba:

—¡Mis ramas me pesan! ¡Sacúdeme para que caigan los frutos maduros! ¡Sacúdeme!

Así lo hizo Hilda y el manzano volvió a elevar sus ramas al cielo. La niña siguió caminando y llegó hasta una casita cuya dueña estaba sentada en la puerta. Era una anciana con unos dientes tan largos que le asomaban entre los labios. Asustada, Hilda se iba a echar a correr, pero la anciana la llamó con voz dulce y suave:

—No te vayas. ¡Me gustaría que te quedaras conmigo! Quédate y yo te premiaré. Lo único que quiero es que hagas mi cama, mullendo el colchón para que las plumas vuelen como copos de nieve. Soy la vieja madre Escarcha. Entonces la niña decidió quedarse y allí fue muy feliz, porque trabajaba sin que nadie la regañara. Por el contrario, la anciana la llenaba de elogios continuamente. Pero un día sintió deseos de volver a ver a su madre, y así se lo dijo a la vieja madre Escarcha.

—Está bien —respondió la anciana—. Has sido muy buena conmigo, y yo misma te llevaré. Pero antes deseo darte algo.

Llevó a la niña junto a una pesada puerta que al abrirse, dejó caer sobre ella una lluvia de monedas que se pegaron a sus ropas y zapatos. Después le devolvió el huso perdido, cerró la puerta, y entonces Hilda se encontró

sola y al pie de la puerta de su casa. Al verla, el gallo cantó alegremente: "¡Quiquiriquí! ¡La niña de oro ha llegado aquí!". Al oírlo, Alda y su madre salieron corriendo a abrazar a Hilda, a quien creían perdida. Pero pronto empezaron a preguntarle de dónde había sacado aquellas riquezas.

Hilda contó toda su aventura, y la ambiciosa madre pensó que su hija mayor podría sacar mejor provecho. Convenció a ésta para que probara fortuna y entonces Alda se puso a hilar junto al pozo; hizo como que se le resbalaba el huso y lo arrojó al fondo del pozo. Después se lanzó ella misma al pozo sucediendo a continuación todas las cosas como en su historia les había contado Hilda. Despertó en el hermoso paraje y vio la casita donde se cocían los panes. Pero cuando éstos le pidieron que los sacara del horno, ella juzgó que eran muchos y que la pala era muy pesada, por lo que siguió su camino sin ayudarlos. Encontró el manzano cargado de frutos, que le suplicó que lo sacudiera; pero Alda vio que era demasiada tarea para sus fuerzas y continuó su camino sin prestarle ayuda. Así llegó a la casa de madre Escar-

cha. La anciana le pidió que se quedara con ella y Alda aceptó. Pero pronto se cansó de cumplir con su trabajo, y dejó de hacer las camas y de mullir los colchones.

Cansada la madre Escarcha de la flojera de Alda, la hizo salir un día de la cama y le dijo que ya no necesitaba sus servicios. La joven se puso muy contenta de poder volver junto a su madre, y pensó que ahora tendría su recompensa. La anciana la llevó hasta la puerta, y cuando Alda salió, en lugar de oro cayó sobre ella una lluvia de alquitrán. La puerta se cerró y la joven se encontró muy cerca de su casa. Al verla llegar, el gallo gritó: "¡Quiquiriqui! ¡La joven negra ya esta aquí!". Al oírlo, corrieron a recibirla Hilda y su madre; pero grande fue su sorpresa al ver a la joven embadurnada de negro de la cabeza a los pies. Y cuando la madre intentó protestar contra la conducta de la vieja Escarcha, fue la misma Alda quien le respondió, ya completamente cambiada:

—No, mamá. Solamente he recibido lo que merecía. No supe ser buena con los panes, ni con el manzano, ni con la madre Escarcha. Ni siquiera a ti te he ayudado nunca. Pero de aquí en adelante seré muy diferente.

Efectivamente, desde entonces Alda fue buena, atenta y laboriosa, como su hermana menor y como debe ser toda niña buena.

FIN

Este libro se terminó de imprimir
en los talleres de Castillo
y Asociados Impresores,
Camelia 4, col. El Manto,
México, D.F.